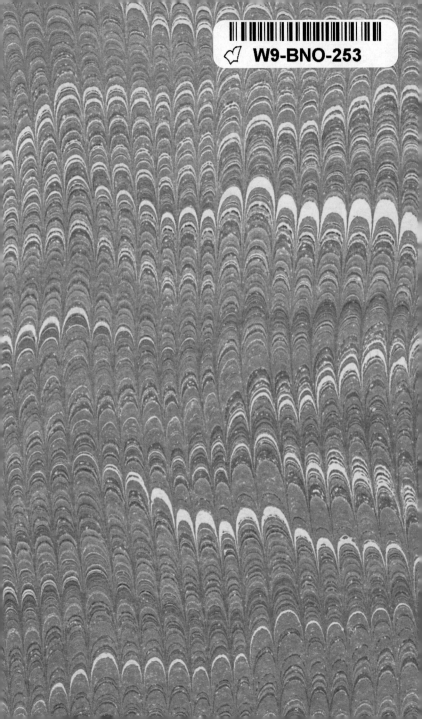

José Hernández

MARTÍN FIERRO

Copyright © EDIMAT LIBROS, S. A.
C/ Primavera, 35
Polígono Industrial El Malvar
28500 Arganda del Rey
MADRID-ESPAÑA

ISBN: 84-8403-570-0
Depósito legal: CO-1063-2003

Colección: Clásicos selección
Título: Martín Fierro
Autor: José Fernández
Estudio preliminar: Rocío Pizarro

Diseño de cubierta: Juan Manuel Domínguez
Impreso en: GRAFICROMO

IMPRESO EN ESPAÑA – *PRINTED IN SPAIN*

JOSÉ HERNÁNDEZ

MARTÍN FIERRO

Por Rocío Pizarro

Contexto histórico

La época en la que vivió José Hernández fue extremadamente violenta. Se caracterizó por los constantes enfrentamientos políticos, las luchas internas, rebeliones, la guerra con Paraguay y el interminable enfrentamiento con los indios. A mediados del siglo XIX las tres figuras más importantes en el panorama político eran Esteban Echevarría, Juan Bautista Alberdi y Domingo F. Sarmiento. Echevarría había impulsado en Buenos Aires la creación de una serie de salones literarios para difundir ideas progresistas. En 1838 tuvo que huir a Montevideo acusado de traición por el Gobierno. Desde allí dirigió una importante lucha propagandística contra el Gobierno de Rosas. Alberdi era el representante de los inmigrantes y colonos europeos, que se hizo famoso por el lema «gobernar es poblar». Sarmiento publicó en 1845 *Facundo, o la vida en la República Argentina en los días de los tiranos*. Esta obra es un ataque al federalismo y a los caudillos. Cuando el Gobierno de Rosas cayó derrotado por Urquiza, se produjo una oleada de cambios, que propiciaron una lenta superación de los conflictos interregionales dando paso a un Estado nacional. La mejora de la economía, que también fue gradual, alcanzó unas cotas sin precedentes. Una extensa red de ferrocarriles vino a sustituir al anticuado sistema de transporte por carros tirados por mulas y bueyes. Los barcos de vela fueron sustituidos por barcos de vapor. Estas innovaciones revolucionaron la producción y el comercio. En la última década del siglo XIX gran parte de la población había mejorado sustancialmente sus condiciones de vida y la población se triplicaba cada treinta años. El país se estaba transformando en un país de inmigrantes europeos y grandes ciudades.

El desarrollo económico y la unificación en el ámbito político se reforzaron mutuamente. A medida que iban creciendo las perspectivas del aumento económico, los motivos para la fragmentación política iban decreciendo. Gradualmente las provincias fueron aceptando el gobierno de Buenos Aires. La unificación se llevó a cabo en medio de una oleada de aumento de las exportaciones y las inversiones extranjeras, que fueron en gran medida producto de una nueva relación con Gran Bretaña.

La derrota de Rosas no resolvió inmediatamente los problemas que habían arruinado las relaciones entre las provincias, sin embargo supuso un paso muy importante. Tanto Sarmiento como Alberdi, contribuyeron a crear un clima proclive a la unidad política, ligada ésta al progreso y a una mejora de la economía. Se intentó mediante un acuerdo, el Acuerdo de San Nicolás, un acercamiento político y un replanteamiento de las viejas exigencias de los federalistas. En este acuerdo se aprobó la creación de una nueva constitución en la se establecería un Gobierno central y en la que se suprimirían las restricciones internas al comercio. También se aprobó que a Urquiza se le otorgara un poder ejecutivo supremo indefinido, cosa que suscitó un rechazo total por parte de la provincia de Buenos Aires. A demás, los porteños no estaban dispuestos a renunciar a los privilegios de los que habían disfrutado con el Gobierno de Rosas. La oposición al Acuerdo de San Nicolás se reflejó en 1852 en un nuevo movimiento que fue llamado Partido Liberal. Estos comenzarían una serie de revueltas que terminarían en varias batallas en las cuales participó José Hernández. Así pues, la consecuencia inmediata después del derrocamiento de Rosas fue una serie de enfrentamientos entre las provincias y Buenos Aires. En 1854, Urquiza fue elegido presidente de una nueva Confederación Argentina, cuya sede se ubicó en Concepción del Uruguay, en Entre Ríos. Buenos Aires rechazó toda relación con este régimen y se declaró independiente. Durante los seis años que siguieron a esta independización los dos gobiernos mantuvieron una difícil convivencia que a veces se tradujo en pequeñas batallas. Los Confederados veían con preocupación como Buenos Aires se desarrollaba económicamente a través de sus prósperos negocios con Gran Bretaña, mientras su economía se depauperaba lentamente. La situación era tan alarmante que Urquiza se vio obligado a recurrir a las armas. En octubre de 1859 invadió Buenos Aires, derrotando a su ejército en Cepeda. Buenos Aires se comprometió a subvencionar generosamente a la confederación. Poco después, el nuevo gobernador de Buenos Aires, Bartolomé Mitre, hizo que algunos enemigos dentro de la Confederación se sublevaran contra Urquiza, lo que provocó que este volviera a intentar tomar Buenos Aires por la fuerza. Mitre consiguió derrocarle en la batalla de Pavón.

En el confuso período entre la batalla de Cepeda y Pavón, Buenos Aires aprobó por fin la constitución de 1853. En ella se establecía un sistema de gobierno basado en un régimen federal, un sistema legislativo bicameral, y un poder judicial independiente. La Constitución prohibía la esclavitud y expresaba su consentimiento para fomentar el aumento de la población del país a través la inmigración. También se fomentaba el desarrollo de las comunicaciones y la promoción de la nueva industria. El Congreso debía fomentar nuevos programas educacionales, otorgar concesiones para extender la red ferroviaria, alentar la inmigración, etc... La Constitución prohibía todas las trabas internas para el comercio. En la Constitución se prohibía al presidente su reelección sucesiva, pero se la otorgaba un mandato de seis años y amplios poderes para nombrar y controlar el gabinete y anular los derechos constitucionales declarando el estado de sitio. El presidente también poseía el poder de disolver los gobiernos provinciales.

En 1862 Mitre fue elegido presidente de lo que ahora se llamaba República Argentina. Mitre apoyó las subvenciones a las provincias, usándolas con gran habilidad para mantener tranquilo a Urquiza, en Entre Ríos. Mitre también subvencionó un ferrocarril entre Rosario y Córdoba. Esta línea contribuyó a acercar el interior de Paraná y Córdoba y también conectar con el floreciente mercado de Buenos Aires. En los primeros años de su mandato se construyeron los primeros pilares para la unidad nacional, se produjo una mejora de la economía y un auge de las inversiones extranjeras. Pero no todo era positivo, también se produjeron diferentes problemas con los gobiernos de provincias. Durante el mandato de Mitre hubo más de cien cambios de gobiernos provinciales no programados. Mitre había hallado un gran adversario en la persona de Vicente Peñaloza, más conocido como «el Chacho» —José Hernández publicará una biografía sobre él—, un caudillo del interior del país. Esta enemistad tendría como resultado el brutal asesinato del «Chacho».

En 1865 Argentina entró en guerra con Paraguay. Fue una larga y sangrienta guerra. A pesar de la desventaja inicial de Paraguay, que se enfrentaba a Brasil, Argentina y Uruguay, éste resistió durante cinco años. Mitre aprovechó la guerra para aplacar los problemas internos con las provincias. En 1870 la lucha contra el federalismo se acercaba al final. Tras el asesinato de Urquiza, su sucesor, López Jordán, resistió varios intentos, por parte de Buenos Aires, para eliminarlo, pero finalmente, en 1874, cayó derrotado. El federalismo pasó a formar parte de un pasado convulso.

En 1868, Domingo Sarmiento fue elegido presidente. Sarmiento era conocido por su vehemente oposición al federalismo y al caudillismo, y de hecho, fue bajo su mandato cuando este fenómeno se disolvió. Sarmiento impulsó la educación popular, entre 1868 y 1874 las ayudas estatales para educación en diferentes provincias se vieron multiplicadas por cuatro. Pero, en general el Gobierno de Sarmiento fue un fracaso. El país se hundió en una crisis económica de la que no saldría hasta la década de los ochenta. Argentina contrajo una importante deuda interna, las exportaciones disminuyeron considerablemente y el desempleo aumentó. A pesar de está pésima gestión, Sarmiento consiguió concluir su mandato. En la década de los setenta la tierra en Argentina se convirtió en una mercancía para la especulación. Los compradores adquirían inmensos terrenos del Gobierno y después esperaban la llegada del ferrocarril. Las tierras compradas a bajo precio incrementaban rápidamente su valor y sus dueños cosechaban grandes beneficios. En la lucha por obtener tierras, los grupos de especuladores argentinos gozaban de una gran ventaja sobre los inmigrantes, los bancos les ofrecían un fácil y generoso crédito. El sistema de créditos para la compra de los terrenos proporcionaba las mejores tierras a aquellos que ofrecían como garantía otros terrenos que ya tuvieran en propiedad. Es decir lo mejor se quedaba en manos de los que ya tenían. Los numerosos inmigrantes europeos, que habían sido atraídos por el Gobierno anterior, raramente podían adquirir tierras. A excepción de las grandes compañías ferroviarias, la propiedad era un privilegio prácticamente reservado a especuladores millonarios. Pese a esta dificultad para conseguir tierras propias, los inmigrantes fueron llegando en cantidades masivas: entre 1871 y 1914 llegaron unos 6 millones de los cuales se asentaron aproximadamente la mitad.

La creación de la red de ferrocarriles británica a lo largo de la Pampa revolucionó con celeridad los modos tradicionales de transporte. El precio a pagar por esta revolución fue la desaparición de un amplio estrato de empleo. Muchísima gente que antes trabajaba en la creciente industria de la lana, se vio de repente sin empleo. Hasta que este gran estrato fue asimilada por la agricultura, ocupaciones urbanas o ferroviarias, fueron marginadas y objeto de gran polémica. La guerra franco-prusiana originó la primera crisis de las inversiones extranjeras en Argentina. La caída de las ganancias por las exportaciones, provocó la suspensión de pagos y causó una caída de las importaciones. Argentina pronto se vio envuelta en una serie de deudas que le llevaron a un crisis económica. Argentina salió de la depresión de los años setenta con algo tan sencillo como aumentar la producción de artículos exportables.

Por estas fechas, José Hernández ya disfrutaba de una posición privilegiada en el ámbito de la política argentina, como vamos a ver ahora en su interesante biografía.

Biografía de José Hernández

José Hernández nació el 10 de noviembre de 1834 en la Chacra de Pueyrredón en la provincia de Buenos Aires. Debido a los constantes viajes de sus padres por el sur de la provincia con la intención de comprar ganado, nuestro autor fue criado prácticamente por sus familiares más cercanos. En los primeros años de su vida fue su tía, Victoria de Pueyrredón, la que lo educó y crió, más tarde sería su abuelo por parte paterna y español de origen, quien se hizo cargo del pequeño José. Fue en esta época en la que José estuvo escolarizado por única vez y durante el breve período de un año y medio. La muerte de su madre en 1843 hará que cambie la vida de José. Después de la desgracia el padre decidió hacerse cargo de sus hijos y llevárselos junto a él al sur de la provincia. Esta etapa será fundamental para la posterior creación de su más famosa obra, Martín Fierro, puesto que allí se formó como gaucho, tal y como nos cuenta su hermano Rafael años más tarde:

«Allá, en Camarones y en Laguna de los Padres se hizo gaucho, aprendió a jinetear, tomó parte en varios entreveros, rechazando malones de los indios pampas, asistió a las volteadas y presenció aquellos grandes trabajos que su padre ejecutaba y de que hoy no se tiene idea (...)».

Antes de cumplir los veinte años, José Hernández se enfrentó a su primera batalla como soldado. El acontecimiento ocurrió en el Rincón de San Gregorio en enero de 1853, allí se enfrentaron las fuerzas que representaban a la Confederación, comandadas por el general Hilario Lagos, contra los fieles al Gobierno de Buenos Aires. Hernández intervino a favor del Gobierno de Buenos Aires. El enfrentamiento se decidió a favor de la Confederación. Nuestro autor, tras la derrota, buscó refugio en Camarones. Este hecho, coronado con la derrota, se quedó marcado para siempre en la memoria de Hernández. Un año más tarde José Hernández volvió a enfrentarse a las fuerzas de la Confederación. La batalla se llevó a cabo en El Tala el 8 de noviembre de 1854. Esta vez la victoria fue para las milicias de Buenos Aires. Hernández fue ascendido a teniente. Meses más tarde, nuestro joven escritor se trasladaría a Buenos Aires, donde comenzarían sus primeras incursiones políticas. Extrañamente después de haber luchado a favor del Gobierno de Buenos Aires, Hernández se alía a los partidarios de la Confederación. Una vez que conoce bien la ideas de unos y de otros se decanta por los chupandinos como se hacían llamar los confederados. En 1856 empujado por sus ideales políticos comienza su labor periodística, como colaborador del diario *La Reforma Pacífica* de Buenos Aires. Este periódico de marcada tendencia confederal defendía la idea de la unidad nacional frente a la autonomía que apoyaban la mayoría de los habitantes de Buenos Aires. En 1857 sufrió la perdida de su padre, con el que no había mantenido a lo largo de su vida una estrecha relación, pero con quien le unía un vínculo de cariño y respeto. En este mismo año, nuestro autor, entra en contacto con la logia masónica Confraternidad de la Plata. En 1858 José junto a su hermano Rafael se traslada a Paraná, sede de la Confederación. En esta ciudad debe empezar de nuevo, y los comienzos no serán fáciles y se verá obligado a estar en trabajos que no son de su agrado. Sin embargo, la creciente tensión política entre Buenos Aires y la Confederación, provocó que Hernández se enfrentara, esta vez vistiendo el uniforme de la

Confederación, a nuevas batallas. Cuando la actividad militar se tranquilizó, José Hernández, regresó a Paraná, donde poco después conseguiría un puesto como taquígrafo en el Senado de la Confederación. A finales de 1860, Hernández empieza a trabajar como redactor de *El Nacional Argentino* boletín oficial de la Confederación. En 1861 participó en la decisiva batalla de Pavón, en la que figuraba como capitán ayudante del regimiento noveno de línea, y fue ascendido, en plena campaña, al grado de sargento mayor. Los confederados fueron derrotados y Hernández regresó a Paraná. El presidente Derqui abandonó la ciudad de Paraná y se trasladó a Montevideo. El vicepresidente Pedernera asumió el poder y nombró a Hernández secretario privado. Nuestro escritor se mantuvo en este cargo hasta el derrocamiento de Pedernera.

El 8 de junio de 1863 contrajo matrimonio con Carolina González del Solar en la catedral de Paraná, a la que había conocido en Buenos Aires, donde ella vivía. Después de la boda el matrimonio decide fijar su residencia en Paraná. Ese mismo año, Hernández, funda su primer periódico, *El Argentino*, que al igual que otros suyos, no se mantuvo mucho tiempo abierto. Será en este periódico donde publique la biografía de «El Chacho» en forma de folletín, que cuenta el brutal asesinato de un caudillo de la provincia de La Rioja. Hernández, muy afectado por el sangriento suceso, reconstruye la vida de «El Chacho» y explica cuáles han sido las verdaderas causas del crimen:

«El General Peñazola ha sido degollado. El hombre ennoblecido por su inagotable patriotismo, fuerte por la santidad de su causa, el Viriato argentino, ante cuyo prestigio se estrellaban la huestes conquistadoras, acaba de ser cosido a puñaladas en su propio lecho, degollado, y su cabeza ha sido conducida como prenda del buen desempeño del asesino, al bárbaro Sarmiento (...)».

Entre 1866 y 1868, Hernández trasladó su residencia a Corrientes bajo la protección del gobernador Evaristo López.

Hernández se encargó de la redacción de un diario, *El Eco de Corrientes*, cuyo primer ejemplar apareció el 24 de marzo de 1866. Esta etapa en Corrientes se caracteriza por una gran actividad. No sólo se dedicaba a sus labores de redacción , sino que desempeñó diferentes cargos oficiales, llegando a alcanzar el de ministro de Hacienda de la provincia. Esta feliz etapa se vio abruptamente interrumpida a consecuencia del derrocamiento del gobernador de la provincia. Y como es natural, esto significaba el final de la gestión en el Ministerio de Hacienda y por ende el final de su estancia en Corrientes. Al abandonar esta ciudad se encaminó primero a Rosario y después a Buenos Aires con la finalidad de continuar su labor como periodista. Este deseo no tardó en verse cumplido y así en 1869 su nombre aparece en *El Río de la Plata*. Este periódico, de corta vida (1869-70), se caracterizó por su vehemente oposición al Gobierno, centrando sus ataques en Sarmiento y Mitre. Ante esta dura oposición contra la gestión de Sarmiento y las constantes críticas a la guerra que los enfrentaba Paraguay hizo que el periódico dejara de publicarse. El asesinato de Urquiza, ordenado por Sarmiento, provocó que Hernández abandonara Buenos Aires para unirse a las fuerzas de López Jordán. En 1871, tras varias batallas y otras tantas derrotas, Hernández se ve obligado a refugiarse en Brasil. Hasta 1872 no regresó nuestro autor a Buenos Aires, año en el que se publica *El gaucho Martín Fierro*. No se sabe muy bien cómo es que Hernández regresó a Buenos Aires. Hay quienes dicen que algunos amigos mediaron en su favor para que este pudiera regresar sin ser molestado, pero realmente no se saben las causas con total seguridad, lo que si es cierto es que su visita no era un secreto. Hernández informó a sus amigos de su creación literaria y es por ello que el 28 de noviembre se publicaba en *La República* el siguiente anuncio:

«*Martín Fierro*
Muy pronto saldrá a la luz un folleto en verso gauchescos, con el título que encabezamos este suelto, escrito por el Sr. D. José Hernández».

Entendemos que *El gaucho Martín Fierro* canta en su estilo nacional sus aventuras, desdichas y tribulaciones de su vida nómada y de soldado en la frontera.

La obra alcanzó gran difusión y éxito a pesar de su modesta presentación. El poema se complementaba con el texto de *El camino Tras-Andino*, anteriormente publicado en el periódico de Rosario *La Capital* y posteriormente en *La Pampa* de Buenos Aires. A mediados de 1873, Hernández se ve obligado a refugiarse en Montevideo, a causa del regreso del exilio de López Jordán, hecho que se liga a nivel oficial con Hernández. Nuestro autor se dedica a escribir artículos a favor de López Jordán desde las páginas del diario de Montevideo *La Patria*.

En 1874 no sólo finaliza el período presidencial de Sarmiento, sino que comienza una nueva etapa para Hernández. Éste, sin abandonar nunca su gran actividad, se relaja y se expone menos. Antes de que se clausurara la etapa presidencial de Sarmiento, dos partidos se disputaron el poder, el Nacionalista y el nuevo partido Nacionalista Autono-mista Nacional, encabezado por Avellaneda. Hernández se decantó por este último partido. Tras el triunfo de Avellaneda en las elecciones, nuestro autor pudo regresar a su país, iniciando así, el período más tranquilo de su vida.

En 1877 es propuesto candidato a senador por el Partido Autonomista por la provincia de Buenos Aires, pero a pesar de ser un hombre famoso gracias a su obra poética, no salió elegido. En 1878, debido a una exposición que hace el pintor uruguayo Juan Manuel Blanes, Hernández le escribe un homenaje en verso que envía a su amigo. El poema lleva por título *Carta que El gaucho Martín Fierro dirige a su amigo D. Juan Manuel Blanes con motivo de su cuadro «Los Treinta y Tres»*. En 1879, tras el éxito de *El gaucho Martín Fierro*, Hernández publicó la segunda parte, *La vuelta de Martín Fierro*, en una edición más cuidada que la primera parte del poema. En este mismo año, Hernández verá cumplido su sueño de conseguir un cargo legislativo, como diputado en la provincia de Buenos Aires. En 1881 es elegido senador en la Legislatura de la provincia de Buenos Aires, y en este mismo año, se publica su obra *Instrucción del estanciero*. En 1882 fue reelegido senador y en 1885 de nuevo es electo senador.

La última etapa de su vida la pasó en Belgrano donde murió el 21 de octubre de 1886.

Orígen de la literatura Gauchesca

En 1773 el escritor Calixto Bustamante Carlos Inca, más conocido por el singular apodo de Concolorcorvo publicó *El Lazarillo de ciegos caminantes*, un curioso libro cuyo fin, según declara el propio autor es, de dar una idea a los caminantes bisoños del camino real de Buenos Aires a Lima, con algunas advertencias que pueden serles útiles. A lo largo de su narración, Concolorcorvo, ocupa dos capítulos a hablar de los gauchos, el capítulo primero y el octavo. En ellos nos explica la afición que los gauchos tienen por el canto y la guitarra:

«Se hacen de una guitarrita que aprenden a tocar muy mal, y dicen que cantan: desentonadamente varias coplas, que estropean, y muchas que sacan de su cabeza, que regularmente ruedan sobre amores. Después describe un festejo gaucho: al son de la mal encordada y destemplada guitarrilla cantan y echan unos a otros sus coplas, que más parecen pullas (...) Si lo permitiera la honestidad copiaría algunas muy extravagantes sobre amores, todas de su propio numen».

Tras esta descripción del festejo el escritor nos cuenta como después cantaron unas coplas que había compuesto para ellos un fraile que había pasado por allí hacía unas semanas y pasa a la redacción de cuatro de ellas. En este breve pasaje podemos descubrir una diferencia muy importante dentro del tipo de copla gauchesca. A saber, por una parte tenemos la copla que componían los propios gauchos, ya sean espontáneas o producto de la tradición oral y por otra parte tenemos las coplas que no han sido compuestas por ellos, sino por alguien proveniente de la ciudad, en este caso un fraile. Así pues, hallamos una clara distinción entre poesía gaucha, que correspondería a la primera definición y poesía gauchesca, que sería la compuesta por gente ajena a los gauchos, pero destinada a ellos.

La coplas gauchas, como bien ha descrito Concolorcorvo, son como pullas, atrevidas y obscenas, otras resaltan el carácter desafiante y varonil del gaucho, como en esta copla popular:

Soy del pago de Arrecife
donde relumbra el acero.
Lo que digo con la boca
lo sostengo con el cuero

Dicen que me van a dar
hachazos y puñaladas;
eso será si yo quiero
y si a mi cuerpo le agrada.

Otras son extravagantes:

Por el río Paraná
venía navegando un piojo
con un hachazo en un ojo
y una flor en el ojal

Muchas de estas coplas gauchas le sirvieron de inspiración a José Hernández en su obra *Martín Fierro*, como podemos observar en esta copla que inspiró, a su vez, dos estrofas de la primera parte del poema:

Yo soy toro en mi rodeo
Y torazo en rodeo ajeno
Donde bala este torito
No bala ningún ternero

Y estas son las dos estrofas de José Hernández:

Yo soy toro en mi rodeo
y torazo en rodeo ageno,
siempre me tuve por güeno
y si me quieren probar
salgan otros a cantar
y veremos quien es menos

«¡Ah! Gaucho, me respondió,
¿De qué pago será criollo?
¿Lo andará buscando el oyo?
¿Deberá tener güen cuero?
Pero ande bala este toro
no bala ningún ternero.»

Se piensa que el origen de la poesía gauchesca deriva de los "cielos" o "cielitos", cantos y danzas folclóricas que durante la lucha por la independencia nacional alcanzaron una gran popularidad. Juan María Gutiérrez los define de este modo: «Nuestro "cielo" huele a campo y aspira a sacudir el yugo de las delicadezas cortesanas aunque nazca frecuentemente en el corazón de las ciudades y proceda de padres "instruidos y cultos". Al igual que la poesía gauchesca, los "cielos" eran engendrados por poetas de la ciudad que se sentían en armonía con la sencillez rural. Una vez asegurada la independencia comenzaron los conflictos internos y el "cielo" patriótico se tornó gauchesco. La incorporación del diálogo en el seno de la copla y, por supuesto, el cambio de contenido, dio paso a la poesía gauchesca».

Martín Fierro

La aparición de *El gaucho Martín Fierro* resultó ser toda una revelación para la mayoría de los argentinos. José

Hernández era prácticamente un desconocido para el gran público, sólo unos pocos le conocían por su faceta periodística, pero nadie pensaba que su primera obra poética llegaría a ser una de las más importantes en el mundo de las letras argentinas. José Hernández había llevado, hasta la aparición de *El gaucho Martín Fierro* en 1872, una activa vida política y periodística, que se encontraban totalmente entrelazadas. Los artículos de nuestro autor eran principalmente escritos de naturaleza política, como lo demuestra el siguiente artículo publicado en el periódico de Rosario, y posteriormente, en *La Pampa*, de Buenos Aires:

«Inmensos bosques de riquísimas maderas, ríos abundantes y caudalosos, montañas que encierran riquezas desconocidas, vastas y fértiles llanuras cubiertas de abundantes pastos, permanecen inesploradas, y la marcha de nuestra civilización, de nuestra riqueza toda, de nuestra industria interior, nuestra conquista sobre el desierto, es lenta, pesada, insegura y costosa...

Santa Fe, San Luis, Córdoba y Mendoza no han avanzado su frontera, ni en extensión, ni ganado en seguridad, en el espacio de muchísimos años...

Sobre los fortines que el siglo pasado constituían la línea de frontera, pasan aún los indios como avalancha, para llevar el incendio, la desolación y la muerte a los moradores de la campaña...

Pidamos a los pueblos, gobiernos justos y progresistas, y Congresos liberales, y dejará de ahogarnos el desierto, que por todas partes nos circunda, como barrera impenetrable a la civilización y al comercio...

Deseamos ver al frente de los destinos de la República hombres patriotas, liberales, progresistas, que imprimiendo a la marcha del país un derrotero nuevo, lo aparten de la senda trillada por los gobiernos obcecados, vengativos, inertes para el bien, ocupados sólo en satisfacer ambiciones ilegítimas, y que lo mantienen como el Prometeo de la fábula, amarrado a la roca de sus viejas desgracias.

Cuando los pueblos hayan conquistado con su esfuerzo ese beneficio, podrán arrojarse con fe a la ardua tarea de resolver los grandes problemas que han de decidir su destino y asegurarle un puesto entre las naciones más prósperas, más ricas, más felices y más libres de la tierra...»

Como hemos podido comprobar, José Hernández mantenía una abierta y nada velada actitud de oposición contra el Gobierno. Actitud que mantendría viva en el espíritu libre de Martín Fierro. Nuestro autor se dedicaba en cuerpo y alma a la defensa de los valores progresistas y liberales, sin olvidarse ni por un momento de los más desfavorecidos, de ahí su preocupación por los gauchos. *El gaucho Martín Fierro* es ante todo un ejercicio de denuncia social, un canto a la mísera vida del gaucho. José Hernández abandona el panfleto para dar vida a una ficción desgarradoramente real, abandona la prosa para dar paso al verso que es un canto. Y no sólo renuncia al panfleto y a la prosa, sino que también desecha su propio lenguaje para acogerse al lenguaje del gaucho, con la dificultad que esto supone. Como observará el lector el lenguaje de la obra es arduo y muchas veces incompresible, por tratarse de un lenguaje popular de difícil transcripción y que en el caso de Hernández entronca directamente con la lengua literaria gaucha. Con el canto, totalmente enraizado en la tradición popular y este lenguaje que recoge poéticamente la esencia del lenguaje del pueblo llano y rural, Hernández pretende sacar en esencia a la luz la realidad del gaucho y defender, desde su seno, la vida del desfavorecido. Para defender al gaucho hay primero que realizar un trabajo de comprensión y para ello es necesario un acercamiento a éste. Por esto, Hernández recoge y acerca, lo muestra en su pureza a través de la recreación artística. Martín Fierro es un reflejo poético y por ello esencial del gaucho. Nuestro autor expresa mediante su propio lenguaje, es decir mediante una expresión interna, lo que el gaucho es. Es esta interioridad lo que permite la verdadera apertura, la verdadera compresión. Es el propio lenguaje el que se abre camino.

Las imágenes y las metáforas son las imágenes y las metáforas del gaucho, aquellas que tienen como único fundamento la naturaleza. En el prólogo a la segunda parte, *La vuelta de Martín Fierro*, el autor nos confiesa que no sólo pretende con su obra proceder a un acercamiento y a una defensa del gaucho, sino que también deseaba poder ser leído precisamente por aquellos que eran el centro de su obra, es decir los propios gauchos:

«Un libro destinado a despertar la inteligencia y el amor a la lectura en una población casi primitiva, a servir de provechoso recreo, después de las fatigosas tareas, a millares de personas que jamás han leído, debe ajustarse estrictamente a los usos y costumbres de esos mismos lectores, rendir sus ideas e interpretar sus sentimientos en su mismo lenguaje, en sus frases más usuales, en su forma más general, aunque sea incorrecta.»

Tras estas palabras no debemos pensar que esta obra es sólo un fiel reflejo de una realidad, pues en nada se parece a una obra científica o a un mero estudio sociológico, no debemos olvidar que Martín Fierro es una recreación poética y por lo tanto una visión que muestra en esencia. Es curioso que Hernández aluda al hecho de pretender inculcar el amor a la lectura entre los gauchos con su obra, en el prólogo a la segunda parte y no mencione nada de esto en su prólogo de *El gaucho Martín Fierro*. Tal vez se deba a que la difusión de su obra fue mayor entre la gente del campo, entre aquellos que creían verse reflejados en la figura de Martín Fierro y por ello quiso hacerlos figurar también de este modo en su segundo prólogo. Con esta incorporación se añade a las diferentes intenciones del autor el fin didáctico, que parece sumarse con más fuerza a la segunda parte, donde son más abundantes las sentencias y las reflexiones morales.

La obra que aquí se presenta está dividida en dos, *El gaucho Martín Fierro* y *La Vuelta de Martín Fierro*, puesto que primero se compuso *El gaucho Martín Fierro* y años más tarde se creó la segunda por una necesidad interna de la primera y por algo más prosaico pero quizá más potente, a la hora de publicar un trabajo, el gran éxito que había obtenido la primera parte. El título de la segunda parte es el nombre que la gente de la calle le había puesto a la esperada segunda entrega como explica el mismo Hernández:

«...se llama este libro *La vuelta de Martín Fierro* porque ese título le dio el público, antes, mucho antes de haber yo pensado en escribirlo; y allá va a correr tierras con mi bendición paternal».

La necesidad de una vuelta tras la marcha de Martín Fierro al territorio indio en busca de una mayor justicia que la que había hallado entre los cristianos, se hacía necesaria. La incertidumbre del destino de Martín Fierro entrañaba un desasosiego tal que se imponía una continuación. Y el público se la exigió en la manera de una vuelta, un regreso a su tierra.

La primera parte del poema posee un desarrollo lineal de canto que cobra una perspectiva nueva y más amplia con la introducción del personaje de Cruz prácticamente al final de esta parte. El poema nos narra, hasta el encuentro con Cruz, la vida de Martín Fierro, una vida sencilla con su familia que dará paso gracias a una mala jugada a una desgraciada vida sirviendo en la frontera, luchando contra los indios y su posterior deserción, mientras se van intercalando frecuentes alusiones a la forma de vida del gaucho, denuncias de los abusos de los poderosos, que se van ejemplificando con las diferentes situaciones a las que se tiene que enfrentar el protagonista. Llama poderosamente la atención como la condición de gaucho a la que llega Martín Fierro es el producto de un fatal determinismo. En general, la visión de la vida en el poema es una visión determinista y fatalista como ilustran esta selección de versos que se hallan repartidos a lo largo del poema:

Junta experiencia en la vida
hasta pa dar y prestar
quien la tiene que pasar
entre sufrimiento y llanto,
porque nada enseña tanto
como el sufrir y el llorar

Viene el hombre ciego al mundo,
cuartiándolo la esperanza,
y a poco andar ya lo alcanzan
las desgracias a empujones.
...
Ansí empezaron mis males,
lo mesmo que los de tantos.
Si gustan... en otros cantos
les diré lo que he sufrido.
Despues que uno está perdido
no lo salvan ni los santos.
...
Pero ansí pasa en el mundo,
es ansí la triste vida:
pa todos está escondida
la güena o la mala suerte
...
Vamos, suerte, vamos juntos,
dende que juntos nacimos;
y ya que juntos vivimos
sin podernos dividir,
yo abriré con mi cuchicho
el camino pa seguir
...
yo seré cruel con los crueles:
ansí mi suerte lo quiso.

Martín cree en una suerte de destino que se confunde con
la voluntad de Dios y la necesidad inherente a un mundo que
se da como sufrimiento y fatalismo. Martín acude a la inter-

vención divina para salir de ciertos trances, si ésta no aparece se vale de su propia fuerza para ir venciendo a la adversidad. Martín asume su mala fortuna y con ella a cuestas emprende su camino, no sin el contradictorio sentimiento de poder hallar un destino mejor para él. Nuestro protagonista desbordado por las circunstancias se ve obligado delinquir y a luchar día a día por su vida.

Yo he sido manso primero
y seré gaucho matrero
mi triste circunstancia:
aunque es mi mal tan projundo,
nací y me he criado en estancia,
pero ya conozco el mundo.

El personaje de Martín Fierro es el personaje central de las dos partes del poema, más allá de las diferentes historias que se relatan, sobre todo, en la segunda parte. Dentro del carácter lineal del relato, Martín es el que le da consistencia y unidad. El personaje de Cruz, que aparece en el canto noveno de trece que tiene la primera parte, posee una función de reforzamiento. Cruz es un gaucho que viene a ratificar la desdichada vida de éstos y a reiterar a través de este singular personaje, la crítica a los poderosos y a denunciar la condición social del gaucho. La aparición de Cruz produce un sentimiento de alivio en el lector, puesto que, después de tanta desgracia supone un elemento positivo dentro del relato. Cruz ayuda y proporciona compañía a nuestro desdichado protagonista.

En relación con el carácter lineal de la primera parte del poema, la segunda parte ofrece una parte lineal, el relato de Martín acerca de las experiencias vividas entre los indios, y el resto posee un carácter de ramificación dentro de la unidad del texto. Esta ramificación se produce mediante la introducción de diferentes personajes, con sus diferentes relatos, que van a adquirir cierta relevancia en el conjunto de la obra. Estos personajes son los dos hijos de Martín Fierro, el hijo de Cruz Picardía y Viscacha.

Aspecto político-social

Ya hemos hablado de la intención por parte de José Hernández de crear una obra que sirviera de defensa del gaucho. Martín Fierro es una firme denuncia a una realidad inmediata, una realidad que muestra el desamparo del gaucho. Por lo tanto no debemos olvidar la importancia que tiene la realidad inmediata en el poema, sin olvidar tampoco esto último, el hecho mismo de que se trata de un poema y no de una crónica. Realidad que se transforma a través de la creación poética.

Muchos críticos han creído ver en la oposición entre José Hernández y Sarmiento el origen de la obra que nos ocupa, más concretamente entre *Martín Fierro* y *Facundo*, obra escrita en 1845 por Sarmiento. Esta afirmación es un poco arriesgada, puesto que el Sarmiento de 1845 dista mucho de ser el gran opositor de Hernández, sobre todo porque todavía su pensamiento político y social era relativamente moderado en lo referente al gaucho. Como podemos comprobar en su Discurso de recepción en el Instituto Histórico de Francia, de 1847:

«Oi empieza a ser conocida en Europa la palabra gaucho con que en aquella parte de América se designa a los pastores de los numerosos rebaños que cubren la pampa pastosa. Es el gaucho arjentino un árabe "que vive, come i duerme a caballo" (...)

Es un bárbaro en sus ábitos i costumbres, i sin embargo, es inteligente, orando, i susceptible de abrazar con pasión la defensa de una idea. Los sentimientos de onor no le son estraños, i el deseo de fama como valiente, es la preocupación que a cada momento le ace desnudar el cuchillo para vengar la menor ofensa. De estos gauchos formó San Martín un rejimiento a la europea (...)»

A partir de 1855 el pensamiento de Sarmiento se torna más radical, ya no queda ningún rasgo positivo hacia la figura del gaucho, como podemos comprobar en este fragmento de la *Lei de Tierras de Chivilcoi*, publicado en El Nacional:

«¿Cómo es que en Buenos Aires, con tanta tierra, hai tan pocas divisiones territoriales i tan pocas familias que poseen una? Fruto es este de las malas leyes, del mal sistema de población; i es fruto de esas leyes el continuo malestar; las alarmas de las campañas por los indios, i las de las ciudades por las campañas; frutos suyos son la depravación moral del gaucho, su ociosidad habitual, su falta de apego al suelo, su predisposición a correr adonde lo atraen la guerra y la revuelta; i si no es voluntariamente que acude, fruto de la ley de tierra es que puedan inquietarlo, y manearlo los revoltosos porque no hai ocupaciones que lo retengan, no hai familia que lo ate con sus vínculos, no hai faenas que requieran su constante presencia. (...)»

O en este otro fragmento del mensaje presidencial de Sarmiento al inaugurarse el período legislativo de 1872 (recordemos que es el año en el que aparece *Martín Fierro*):

«Los que pretenden la gloria de llamarse una Nación deben vivir en el porvenir lejano, como en el presente, más allá de donde alcanzan nuestros ojos. Un país estenso y despoblado, habitado por masas ignorantes y desmoralizadas, puede producir cierta cantidad de riqueza que contente las aspiraciones de algunos, y engendrar la independencia que produce la ausencia de comprensiones sociales; pero ahí se estará incubando el jermen de las enfermedades que han de postrarla o aniquilarla un día (...)

El servicio de fronteras se hace, como siempre, por tropas regulares y por guardias nacionales, con las dificultades inherentes a este sistema que vienen a aumentarse porque carecemos todavía de leyes para remonta del Ejército (...)

Os pido igualmente que sancionéis el proyecto de ley de reclutamiento militar que os fue sometido. Su sencillez ha alarmado a muchos. Consiste en reconocer el principio de la igualdad ante el deber de la defensa, proporcionando de este modo la formación del ejército a la población en cada provincia (...)»

Queda lo suficientemente probado que el *Martín Fierro* que aparece en 1872 no supone una respuesta al *Facundo* de Sarmiento publicado en 1845. El período presidencial de Sarmiento se caracterizó por una sucesión de problemas que pusieron en peligro su propio mandato. La guerra con Paraguay, conflictos y luchas provinciales, revoluciones, continuas invasiones de los indios, el asesinato de Urquiza, Estado de sitio... son una muestra de la convulsión política y social de este período. Martín Fierro es la respuesta inmediata a una situación concreta, que muestra en uno de sus múltiples aspectos, su oposición al mal gobierno de Sarmiento y más concretamente a su política de repulsa con respecto al gaucho. Dentro del poema se pueden observar algunas alusiones a este respecto:

Y dejo rodar la bola,
que algún día ha de parar.
Tiene el gaucho que aguantar
hasta que lo trague el oyo
o hasta que venga algún criollo
en esta tierra a mandar

Son varias las veces en las que Sarmiento se ocupó de lo que el llamaba el gaucho vago e incluso intentó llevar a cabo una explicación de este fenómeno:

«(...) La campaña de Buenos Aires está dividida en tres clases de hombres: estancieros que residen en Buenos Aires, pequeños propietarios i vagos. Véase la multitud de leyes i decretos sobre los vagos, que tiene nuestra lejislación. ¿Qué es un vago en su tierra, en su patria? Es el porteño que ha nacido en la estancia de cuarenta leguas, que no tiene, andando a un día a caballo, donde reclinar su cabeza (...).»

Esta alusión al gaucho vago se recoge también en el *Martín Fierro* en algunos de sus versos:

Monté y me encomendé a Dios
rumiando para otro pago
que el gaucho que llaman vago
no puede tener querencia,
y ansí de estrago en estrago
vive llorando la ausencia.

Sarmiento en su afán de modernizar el país invertía en proyectos, muchos de ellos que favorecían al capital extranjero, que a los ojos de Hernández eran secundarios frente a los grandes problemas sociales y económicos que sufría el país:

Todo se güelven proyectos
de colonias y carriles,
y tirar la plata a miles
en los gringos enganchaos
mientras al pobre soldao
le pelan la chaucha ¡ah viles!

Pero si siguen las cosas
como van hasta el presente,
puede ser que derepente
veamos el campo desierto
y blanquiando solamente
Los güesos de los que han muerto.

Tras lo expuesto creo haber dejado clara la influencia de la realidad política en la primera parte de la obra poética de José Hernández. Ahora debemos preguntarnos qué situación política imperaba en Argentina cuando José Hernández escribió *La vuelta de Martín Fierro*. En 1879, cuando se publica esta segunda parte, Sarmiento ya no está en la presidencia, sino Avellaneda. Hernández había apoyado a éste durante la campaña electoral que había concluido con su elección. Avellaneda se enfrentaba a un país sacudido por una revolución y envuelto en una verdadera crisis institucional, pero a pesar de ello fue un período bastante más estable y tranquilo que el de su antecesor Sarmiento. Se incrementa el comercio exterior, se avanza en las guerras de fronteras y se extienden las colonias agrícolas. Existe, en general, una mayor paz interna, tal y como muestra la disminución de intervenciones militares a las provincias. Todo esto, como es natural, repercute de manera favorable en la economía, también propulsada por la política menos absorbente de Avellaneda. Y puesto que *La vuelta de Martín Fierro* aparece en 1879 toda su elaboración corresponde a este período, y si en la primera parte hemos señalado algunos puntos que influyeron en el contenido del poema, ahora debemos señalar, si es que los hay, cuáles fueron los acontecimientos que pudieron marcar *La vuelta*. Debemos recordar de nuevo, que nuestro autor está componiendo un poema y no un panfleto o una crónica política, aunque en él pesan, como ya hemos visto, la realidad política que le acompaña. La segunda parte en relación a la primera, se caracteriza por un impulso más sosegado, pero desgraciadamente la situación del gaucho, motor para la creación de la primera parte, no ha variado mucho con respecto a la época de Sarmiento. Por ello en esta segunda parte continúa denunciando la lamentable situación del gaucho, aunque bien es verdad que con menos frecuencia que en la primera.

> (...) me acerqué a algunas estancias
> por saber algo de cierto,
> creyendo que en tantos años
> esto se hubiera compuesto;
> pero cuanto saqué en limpio
> fue que estábamos lo mesmo.

El final de la primera parte posee una carga muy negativa en relación al mundo que rodea al gaucho, por lo que es preferible habitar tierras indias en las que no sufrirán tantas injusticias como entre los cristianos. Al inicio de *La vuelta* esta carga de pesimismo se ve atenuada, por el hecho mismo de la vuelta ante tanta desgracia y corrigiendo la idea de que entre los indios se podía vivir mejor, sin pasar por alto la concepción racista del gaucho con relación al indio. Algunas de las cosas narradas por Martín en su regreso corresponden a hechos reales. En definitiva, prosiguen las críticas y las denuncias de gaucho y algunas alusiones a los abusos de los poderosos, pero de manera más difusa y menos frecuente si lo comparamos con la primera parte.

Visión del mundo

Indudablemente la obra poética de José Hernández posee una gran carga social, pero no es, como ya hemos venido diciendo a lo largo de este estudio, reducible a este aspecto por el mero hecho de ser una obra poética. Martín Fierro desvela la visión particular que el gaucho posee sobre la vida. A través de los ojos del gaucho asistimos a un teatro por el que van desfilando una diversidad de razas, oficios, jerarquías... El gaucho nos va presentando su visión del indio, de los puebleros, de los negros y de sí mismo. También nos proporciona su concepción jerárquica: Arriba están los poderosos, en sintonía con los puebleros, que no son mejores que el gaucho pero mandan sobre él; en el medio, los propios gauchos y por debajo indios y negros. Los extranjeros también están presentes pero en un lugar aparte. Además, el gaucho nos ofrece sus sentencias y reflexiones acerca del mundo y con ellas nos proporciona un universo moral muy particular. El gaucho de Hernández es un personaje desarraigado, de ideas fijas sobre la familia, la vida en general y la religión, en la que se mezcla un cristianismo deslavazado, con supersticiones y una visión fatalista. Fierro es un personaje sin estudios pero inteligente, es sobrio, valiente, independiente, orgulloso de sí mismo, acogedor, socarrón y perspicaz.

La imagen que el gaucho tiene de los puebleros, siempre dentro del marco de la obra que nos ocupa, es más bien negativa, está unida a la idea de un total desconocimiento de la realidad del campo. Son aquellos que habitan en la ciudad y desprecian al ignorante gaucho. Los puebleros son los representantes de la autoridad en la Pampa: militares, jueces, policía... El gaucho los ve más como un enemigo que como alguien que pueda en un momento dado defenderlo o protegerlo:

De los males que sufrimos
hablan mucho los puebleros;
pero hacen como los teros
para esconder sus niditos:
en un lao pegan los gritos
y en otro tiene los huevos

El poema se caracteriza por la falta de personajes relacionados con la Iglesia. Se habla de policías, militares, de los que mandan..., pero no se habla de ningún representante de la Iglesia, a excepción de un cura que aparece en la segunda parte, pero cuyo personaje no posee mayor relevancia. Tal vez, esta ausencia, se deba a la mezcolanza difusa que el gaucho tiene sobre la religión y a su escasa relación con el ámbito eclesiástico.

Los extranjeros son también tratados con cierto recelo en el *Martín Fierro*. Extranjeros que llegan para ganarse la vida y reemplazar a los gauchos en sus labores o para relegarlos a un segundo plano. Una de las defensas que emplea el gaucho frente al extranjero es la falta de experiencia de éste en las labores del campo, y principalmente en su torpeza con el caballo:

No hacen más que dar trabajo,
pues no saben ni ensillar,
no sirven ni pa carniar,
y yo he visto muchas veces

que ni voltiadas las reses
se les querían arrimar

A veces unen esta falta de destreza en el trabajo con tachas físicas y morales:

Si hay calor, ya no son gente;
si yela, todos tiritan;
si usté no les da, no pitan
por no gastar en tabaco,
y cuando pescan un naco
unos a otros se lo quitan.

Cuando llueven se acoquinan
como el perro que oye truenos.
¡Qué diablos!, sólo son güenos
pa vivir entre maricas,
y nunca se andan con chicas
para alzar ponchos ajenos.

Tanto el negro como el indio son tratados en el texto como seres inferiores. La concepción del gaucho respecto a éstos es totalmente racista. La presencia del indio a lo largo del poema es mayor que la figura del negro, puesto que el indio representaba una mayor amenaza para la realidad del gaucho. El indio es presentado como el enemigo directo del pueblero y del gaucho. El indio, que es sinónimo de salvaje, impide la expansión de la civilización y además ésta se siente amenazada por ellos. Por ello es necesario exterminarle. Todo esto nos lleva a la justificación del genocidio por parte del gaucho. Aunque al final de la primera parte del poema, los dos gauchos deciden adentrarse en el territorio indio confiando que estarán mejor entre los salvajes que sometidos a las leyes que los cristianos les imponen, en la segunda parte se rectifica en el hecho mismo de la vuelta y el relato que Martín Fierro hace de su estancia entre los indios.

En general podemos observar una actitud defensiva del gaucho respecto a todo aquel que no sea de su condición. Respecto a los puebleros porque no respetan sus intereses y les marginan, los extranjeros, que aunque desconocen la realidad de la Pampa intentan hacerse hueco y desplazarlos en las tareas propias del gaucho, los indios que representan al enemigo tradicional y al que ven como un inferior, al igual que al negro; éste, aunque resalta como rival, se mantiene en un plano diferente, es un contrincante pero no representa una amenaza real, es su simple condición de negro la que le hace marginal ante los ojos del gaucho.

CRONOLOGÍA

1834 Nace José Hernández.

1836 Inglaterra: el Cartismo. Gogol: *El inspector general.*

1837 Inglaterra: reinado de Victoria. Morse: telégrafo.

1839 Daguerre: fotografía. Nace Cézanne.

1840 Proudhon: *¿Qué es la propiedad?*

1844 Nace Verlaine.

1845 Wagner: *Tannhäuser.*

1846 Morton: anestesia mediante éter.

1848 Revoluciones en Europa. Marx-Engels: manifiesto del partido comunista.

1849 Muere Edgar Allan Poe.

1850 Wagner: Lohengrin. Tennyson: *In memorian.* Dickens: *David Copperfield.*

1851 Arthur Schopenhauer: *Parerga y Paralipómena.* Herman Melville: *Moby Dick.* E. Gaskell: *Cranford.* Isaac Singer: Máquina de coser. Primera exposición universal.

1852 Dickens: *Casa desolada.* Nace Antonio Gaudí.

1853 Nace Van Gogh.

1854 Muere Shelling. Dickens: *Tiempos difíciles.*

1855 Spencer: *Principios de Psicología.*

1856 Nace Menéndez Pelayo. Karl Fuhltrott: descubrimiento del hombre de Neandertal.

1857 Inglaterra entra en guerra con China. Baudelaire: *Las flores del mal.* Flaubert: *Madame Bovary.*

1858 Dickens: *Historia de dos ciudades.*

1859 Darwin. *El origen de las especies.* Marx: *Para una crítica de la economía política.* Stuart Mill: *Sobre la libertad.*

1860 Nace Mahler. Dickens: *Grandes esperanzas.*

1862 Muere Henry David Thoreau. Víctor Hugo: *Los miserables*. Nace Debussy.

1864 J. H. Newman: *Apologia pro Vita Sua*.

1865 Abolición de la esclavitud en EE.UU. Mendel: leyes de la herencia genética. Wagner: *Tristán e Isolda*. Bernard: *Introducción al estudio de la medicina experimental*. Asesinato de Lincoln. Fin de la guerra civil en Norteamérica.

1866 Nace H.G. Wells. Swinburne: *Poemas y baladas*. Fundación del Ku Klux Klan.

1867 Marx: *El Capital*, vol 1. Siemens inventa la dinamo, Alfred Nobel la dinamita y Monier el cemento armado. Inglaterra inicia la expedición a Abisinia.

1868 Collins: *La piedra lunar*.

1869 Mendeleiev: sistema periódico de los elementos. Canal de Suez. Tolstoi: *Guerra y paz*.

1870 Muerte de Dickens. Concilio Vaticano: infalibilidad del Papa. Ardigó: *La psicología como ciencia positiva*. Schliemann encuentra Troya.

1871 Darwin: *El origen del hombre*. G. Eliot: *Middlemarch*. Proclamación de la comuna de París.

1872 José Hernández: *El guacho Martín Fierro*. Nace Pío Baroja.

1873 Rimbaud: Una temporada en el infierno. ˙

1874 Whistler: *Retrato de Miss Alexander*. Wundt: *Elementos de psicología fisiológica*.

1877 Edison: fonógrafo y micrófono.

1878 Edison: lámpara eléctrica.

1879 José Hernández: *La vuelta de Martín Fierro*. Ibsen: *Casa de muñecas*. Meredith: *El egoísta*. Pasteur: principio de la vacuna.

1880 Dostoievsky: *Los hermanos Karamazov*.

1881 Nietzsche: *Aurora*. James: *Retrato de una dama*.

1882 Koch descubre el bacilo de la tuberculosis.

1883 Nietzsche: *Así habló Zaratustra*. Maxim: invención de la ametralladora. Nace Ortega y Gasset.

1884 Inglaterra: reforma electoral.

1885 Zola: *Germinal*. Daimler-Benz: automóvil.
1886 Muere José Hernández.

EL GAUCHO
MARTÍN FIERRO

Señor D. José Zoilo Miguens.

Querido amigo:

Al fin me he decidido a que mi pobre *Martín Fierro*, que me ha ayudado algunos momentos a alejar el fastidio de la vida del hotel, salga a conocer el mundo, y allá va acogido al amparo de su nombre.

No le niegue su protección, usted que conoce bien todos los abusos y todas las desgracias de que es víctima esa clase desheredada de nuestro país.

Es un pobre gaucho, con todas las imperfecciones de forma que el arte tiene todavía entre ellos. y con toda la falta de enlace en sus ideas, en las que no existe siempre una sucesión lógica, descubriéndose frecuentemente entre ellas apenas una relación oculta y remota.

Me he esforzado, sin presumir haberlo conseguido, en presentar un tipo que personificara el carácter de nuestros gauchos, concentrando el modo de ser, de sentir, de pensar y de expresarse que les es peculiar, dotándolo con todos los juegos de su imaginación llena de imágenes y de colorido, con todos los arranques de su altivez, inmoderados hasta el crimen, y con todos los impulsos y arrebatos, hijos de una naturaleza que la educación no ha pulido y suavizado.

Cuantos conozcan con propiedad el original podrán juzgar si hay o no semejanza en la copia.

Quizá la empresa habría sido para mí más fácil, y de mejor éxito, si sólo me hubiera propuesto hacer reír a costa de su ignorancia, como se halla autorizado por el uso en este género de composiciones; pero mi objeto ha sido dibujar a grandes rasgos, aunque fielmente, sus costumbres, sus trabajos, sus hábitos de vida, su índole, sus vicios y sus virtudes; ese conjunto que constituye el cuadro de su fisonomía moral, y los accidentes de su existencia llena de peligros, de inquietudes, de inseguridad, de aventuras y de agitaciones constantes.

Y he deseado todo esto, empeñándome en imitar ese estilo abundante en metáforas, que el gaucho usa sin conocer y sin valorar, y su empleo constante de comparaciones tan extrañas como frecuentes; en copiar sus reflexiones con el sello de la originalidad que las distingue y el tinte sombrío de que jamás carecen, revelándose en ellas esa especie de filosofía propia que, sin estudiar, aprende en la misma naturaleza; en respetar la superstición y sus preocupaciones, nacidas y fomentadas por su misma ignorancia; en dibujar el orden de sus impresiones y de sus afectos, que él encubre y disimula estudiosamente; sus desencantos, producidos por su misma condición social, y esa indolencia que le es habitual, hasta llegar a constituir una de las condiciones de su espíritu; en retratar, en fin, lo más fielmente que me fuera posible, con todas sus especialidades propias, ese tipo original de nuestras pampas, tan poco conocido por lo mismo que es difícil estudiarlo, tan erróneamente juzgado muchas veces, y que, al paso que avanzan las conquistas de la civilización, va perdiéndose casi por completo.

Sin duda que todo esto ha sido demasiado desear para tan pocas páginas, pero no se me puede hacer un cargo por el deseo, sino por no haberlo conseguido.

Una palabra más, destinada a disculpar sus defectos. Páselos usted por alto porque quizá no lo sean todos los que a primera vista puedan parecerlo, pues no pocos se encuentran allí como copia o imitación de los que lo son realmente.

Por lo demás, espero, mi amigo, que usted lo juzgará con benignidad, siquiera sea porque *Martín Fierro* no va de la ciudad a referir a sus compañeros lo que ha visto y admirado en un 25 de mayo u otra función semejante, referencias algunas de las cuales, como el *Fausto* y varias otras, son de mucho mérito ciertamente, sino que cuenta sus trabajos, sus desgracias, los azares de su vida de gaucho, y usted no desconoce que el asunto es más difícil de lo que muchos se imaginarán.

Y con lo dicho basta para preámbulo, pues ni *Martín Fierro* exige más, ni usted gusta mucho de ellos, ni son de la predilección del público, ni se avienen con el carácter de

Su verdadero amigo,

JOSÉ HERNÁNDEZ

Desde 1862 hasta la fecha se han invertido 25 millones de fuertes, sólo en la frontera, y si a esto se agrega el monto de las propiedades particulares perdidas, el decaimiento de la industria, la depreciación de la tierra, el trastorno que causa el servicio forzado, el cautiverio de centenares de personas y la muerte de mayor número, tenemos que retroceder espantados ante este cuadro de desolación y ruina, cuya exactitud parecería sospechosa si no estuviese confirmada por hechos que todos conocen, de una incontestable evidencia.

Parece que el despotismo y la crueldad con que tratamos a los pobres paisanos estuviese en la sangre y en la educación que hemos recibido. Cuando ven al hombre de nuestros campos, al modesto agricultor, envuelto en su manta de lana o con su poncho a la espalda, les parece que ven al indio de nuestras Pampas, a quien se creen autorizados para tratar con la misma dureza e injusticia que los conquistadores empleaban con los primitivos habitantes de la América.

Cuando se quiere mandar un contingente a la frontera o se quiere organizar un batallón, se toma por sorpresa o con sorpresa al labrador y al artesano, y mal de su grado se le conduce atrincado a las filas.

OROÑO, Discurso en el Senado, Sesión del 8 de octubre de 1869.

Cuando la grita ha llegado a su último punto, cuando ha venido a comprobarse que las guarniciones de los fortines eran insuficientes, que estaban desnudas, desarmadas, desmontadas y hambrientas, sólo entonces se ha visto que, por una especie de pudor y a pesar de sus denegaciones, el Ministerio trataba de enviarles siquiera lo indispensable para mitigar el hambre y cubrir la desnudez de los soldados.

La Nación, noviembre 14 de 1872

EL PAYADOR

En un espacioso rancho
de amarillentas totoras,
en derredor asentadas
de una llama serpeadora,
que ilumina los semblantes
como funeraria antorcha,
hirviendo el agua en el fuego,
y de una mano tras otra
pasando el sabroso mate
que todos con gusto toman,
se pueden contar muy bien
como unas doce personas.
Pero están con tal silencio,
con tanta calma reposan,
que sólo se escucha el eco
de guitarra gemidora,
mezclado con los acentos
de una voz que, melancólica,
murmura tan dulcemente
como el viento entre las hojas.
Es un payador que, tierno,
alza allí sentida trova,
y al compás de su guitarra
versos a raudales brota,
pero versos expresivos,

de cadencia voluptuosa
y que expresan tiernamente
de su pecho las congojas.
Es verdad que muchas veces
la ingrata rima cohorta
pensamientos que grandiosos
se traslucen mas no asoman
y como nocturnas luces
al irradiarse evaporan
la fantasía sujeta
en las redes del idioma,
no permite que se eleve
la inspiración creadora
ni que sus altivas alas
del arte los grillos rompan
ni que el instinto del genio
les trace una senda propia,
mostrándole allá en los cielos
aquella ansiada corona,
que iluminando el espacio
con su luz esplendorosa
vibra un rayo diamantino
que el numen del vate esponja
para embeber fácilmente
de su corazón las gotas
y destilarlas después
como el llanto de la aurora,
convertidas en cantares
que vuelan de zona en zona.
¡Y cuántas veces no obstante
sus desaliñadas coplas,
sin esfuerzo ni trabajo
como las tranquilas ondas,
una a una, dulcemente,
van saliendo de su boca!
O de repente, veloces,
penetrantes, ardorosas,

se escapan como centellas
y el fondo del alma tocan!
Porque su maestro es
la naturaleza sola,
a quien ellos sin saberlo
a oscuras y a tientas copian.
Así el cantor, sin curarse
de reglas que no le importan,
sigue raudo y caprichoso
su bien comenzada trova.

Celiar. ALEJANDRO MAGARIÑOS CERVANTES.

I

MARTÍN FIERRO

Aquí me pongo a cantar
al compás de la vigüela,
que el hombre que lo desvela
una pena estrordinaria,
como la ave solitaria,
con el cantar se consuela.

Pido a los santos del cielo
que ayuden mi pensamiento;
les pido en este momento
que voy a cantar mi historia
me refresquen la memoria
y aclaren mi entendimiento.

Vengan santos milagrosos,
vengan todos en mi ayuda,
que la lengua se me añuda
y se me turba la vista;
pido a mi Dios que me asista
en una ocasión tan ruda.

Yo he visto muchos cantores,
con famas bien otenidas,
y que después de alquiridas
no las quieren sustentar:
parece que sin largar
se cansaron en partidas

Mas ande otro criollo pasa
Martín Fierro ha de pasar;

nada lo hace recular
ni las fantasmas lo espantan;
y dende que todos cantan
30 yo también quiero cantar.

    Cantando me he de morir,
cantando me han de enterrar,
y cantando he de llegar
al pie del Eterno Padre:
35 dende el vientre de mi madre
vine a este mundo a cantar.

    Que no se trabe mi lengua
ni me falte la palabra.
El cantar mi gloria labra,
40 y poniéndome a cantar,
cantando me han de encontrar
aunque la tierra se abra.

    Me siento en el plan de un bajo
a cantar un argumento.
45 Como si soplara el viento
hago tiritar los pastos.
Con oros, copas y bastos
juega allí mi pensamiento.

    Yo no soy cantor letrao,
50 mas si me pongo a cantar
no tengo cuándo acabar
y me envejezco cantando;
las coplas me van brotando
como agua de manantial.

55   Con la guitarra en la mano
ni las moscas se me arriman;
naides me pone el pie encima,
y cuando el pecho se entona,

hago jemir a la prima
60   y llorar a la bordona.

        Yo soy toro en mi rodeo
y toraso en rodeo ajeno;
siempre me tuve por güeno,
y si me quieren probar,
65   salgan otros a cantar
y veremos quién es menos.

        No me hago al lao de la güeya
aunque vengan degollando;
con los blandos yo soy blando
70   y soy duro con los duros,
y ninguno en un apuro
me ha visto andar tutubiando.

        En el peligro ¡qué Cristos!
el corazón se me ensancha
75   pues toda la tierra es cancha,
y de esto naides se asombre:
el que se tiene por hombre
donde quiera hace pata ancha.

        Soy gaucho, y entiéndanlo
80   como mi lengua lo explica,
para mí la tierra es chica
y pudiera ser mayor.
Ni la víbora me pica
ni quema mi frente el sol.

85   Nací como nace el peje,
en el fondo de la mar;
naides me puede quitar
aquello que Dios me dio:
lo que al mundo truge yo
90   del mundo lo he de llevar.

Mi gloria es vivir tan libre
como el pájaro del cielo;
no hago nido en este suelo,
ande hay tanto que sufrir;
95   y naides me ha de seguir
cuando yo remuento el vuelo.

Yo no tengo en el amor
quien me venga con querellas;
como esas aves tan bellas
100   que saltan de rama en rama,
yo hago en el trébol mi cama
y me cubren las estrellas.

Y sepan cuantos escuchan
de mis penas el relato,
105   que nunca peleo ni mato
sino por necesidá,
y que a tanta alversidá
sólo me arrojó el mal trato.

Y atiendan la relación
110   que hace un gaucho perseguido,
que padre y marido ha sido
empeñoso y diligente,
y sin embargo la gente
lo tiene por un bandido.

II

115   Ninguno me hable de penas,
porque yo penando vivo,
y naides se muestre altivo
aunque en el estribo esté,
que suele quedarse a pie
120   el gaucho más alvertido.

Junta esperencia en la vida
hasta pa dar y prestar
quien la tiene que pasar
entre sufrimiento y llanto,
125   porque nada enseña tanto
como el sufrir y el llorar.

Viene el hombre ciego al mundo,
cuartiándolo la esperanza,
y a poco andar ya lo alcanzan
130   las desgracias a empujones.
¡La pucha! que trae liciones
el tiempo con sus mudanzas.

Yo he conocido esta tierra
en que el paisano vivía
135   y su ranchito tenía
y sus hijos y mujer...
Era una delicia el ver
cómo pasaba sus días.

Entonces... cuando el lucero
140   brillaba en el cielo santo
y los gallos con su canto
nos decían que el día llegaba,
a la cocina rumbiaba
el gaucho... que era un encanto.

145   Y sentao junto al jogón
a esperar que venga el día,
al cimarrón le prendía
hasta ponerse rechoncho,
mientras su china dormía
150   tapadita con su poncho.

Y apenas la madrugada
empezaba a coloriar,

los pájaros a cantar
y las gallinas a apiarse,
155   era cosa de largarse
cada cual a trabajar.

    Éste se ata las espuelas,
se sale el otro cantando,
uno busca un pellón blando;
160   éste, un lazo; otro, un rebenque,
y los pingos, relinchando,
los llaman dende el palenque.

    El que era pion domador
enderezaba al corral,
165   ande estaba el animal
bufidos que se las pela...
Y más malo que su agüela
se hacía astillas el bagual.

    Y allí el gaucho inteligente
170   en cuanto el potro enriendó
los cueros le acomodó
y se le sentó en seguida,
que el hombre muestra en la vida
la astucia que Dios le dio.

175   Y en las playas corcobiando
pedazos se hacía el sotreta,
mientras él por las paletas
le jugaba las lloronas,
y al ruido de las caronas
180   salía haciéndose gambetas.

    ¡Ah tiempos!... Si era un orgullo
ver ginetiar un paisano.
Cuando era gaucho vaquiano,
aunque el potro se boliase,

185   no había uno que no parase
con el cabresto en la mano.

Y mientras domaban unos,
otros al campo salían,
y la hacienda recogían,
190   las manadas repuntaban,
y ansí sin sentir pasaban
entretenidos el día.

Y verlos al cair la noche
en la cocina riunidos,
195   con el juego bien prendido
y mil cosas que contar,
platicar muy divertidos
hasta después de cenar.

Y con el buche bien lleno,
200   era cosa superior
irse en brazos del amor
a dormir como la gente,
pa empezar al día siguiente
las fainas del día anterior.

205   Ricuerdo... ¡qué maravilla!
cómo andaba la gauchada,
siempre alegre y bien montada
y dispuesta pa el trabajo...
Pero hoy en el día... ¡barajo!
210   no se le ve de aporriada.

El gaucho más infeliz
tenía tropilla de un pelo;
no le faltaba un consuelo
y andaba la gente lista...
215   tendiendo al campo la vista,
sólo vía hacienda y cielo.

Cuando llegaban las yerras,
¡cosa que daba calor!
tanto gaucho pialador
220   y tironiador sin yel.
¡Ah tiempos!... pero si en él
se ha visto tanto primor.

Aquello no era trabajo,
más bien era una junción,
225   y después de un güen tirón
en que uno se daba maña,
pa darle un trago de caña
solía llamarlo el patrón.

Pues siempre la mamajuana
230   vivía bajo la carreta,
y aquel que no era chancleta,
en cuanto el goyete vía,
sin miedo se le prendía
como güérfano a la teta.

235   Y ¡qué jugadas se armaban
cuando estábamos riunidos!
Siempre íbamos prevenidos,
pues en tales ocasiones,
a ayudarles a los piones
240   caiban muchos comedidos.

Eran los días del apuro
y alboroto pa el hembraje,
pa preparar los potajes
y osequiar bien a la gente;
245   y ansí, pues, muy grandemente,
pasaba siempre el gauchaje.

Venía la carne con cuero,
la sabrosa carbonada,

mazamorra bien pisada,
250 los pasteles y el güen vino...
Pero ha querido el destino
que todo aquello acabara.

Estaba el gaucho en su pago
con toda siguridá;
255 pero aura... ¡barbaridá!,
la cosa anda tan fruncida,
que gasta el pobre la vida
en juir de la autoridá.

Pues si usté pisa en su rancho
260 y si el alcalde lo sabe,
lo caza lo mesmo que ave,
aunque su mujer aborte...
No hay tiempo que no se acabe
ni tiento que no se corte.

265 Y al punto dese por muerto
si el·alcalde lo bolea,
pues ay nomás se le apea
con una felpa de palos.
Y después dicen que es malo
270 el gaucho si los pelea.

Y el lomo le hinchan a golpes
y le rompen la cabeza,
y luego, con lijereza,
ansí lastimao y todo,
275 lo amarran codo con codo
y pa el cepo lo enderiezan.

Ay comienzan sus desgracias,
ay principia el pericón;
porque ya no hay salvación,
280 y que usté quiera o no quiera,

lo mandan a la frontera
o lo echan a un batallón.

Ansí empezaron mis males,
lo mesmo que los de tantos.
285   Si gustan... en otros cantos
les diré lo que he sufrido.
Despues que uno está perdido
no lo salvan ni los santos.

III

Tuve en mi pago en un tiempo
290   hijos, hacienda y mujer;
pero empecé a padecer,
me echaron a la frontera,
¡y qué iba a hallar al volver!
Tan sólo hallé la tapera.

295   Sosegao vivía en mi rancho,
como el pájaro en su nido.
Allí mis hijos queridos
iban creciendo a mi lao...
Sólo queda al desgraciao
300   lamentar el bien perdido.

Mi gala en las pulperías
era, cuando había más gente,
ponerme medio caliente,
pues cuando puntiao me encuentro
305   me salen coplas de adentro
como agua de la virtiente.

Cantando estaba una vez
en una gran diversión,
y aprovechó la ocasión

310   como quiso el juez de paz:
      se presentó y ay no más
      hizo una arriada en montón.

      Juyeron los más matreros
      y lograron escapar.
315   Yo no quise disparar:
      soy manso y no había por qué.
      Muy tranquilo me quedé
      y ansí me dejé agarrar.

      Allí un gringo con un órgano
320   y una mona que bailaba
      haciéndonos raír estaba
      cuando le tocó el arreo.
      ¡Tan grande el gringo y tan feo!
      ¡Lo viera cómo lloraba!

325   Hasta un inglés sangiador
      que decía en la última guerra
      que él era de Inca-la-perra
      y que no queria servir,
      tuvo también que juir
330   a guarecerse en la sierra.

      Ni los mirones salvaron
      de esa arriada de mi flor;
      fue acoyarao el cantor
      con el gringo de la mona;
335   a uno solo, por favor,
      logró salvar la patrona.

      Formaron un contingente
      con los que en el baile arriaron;
      con otros nos mesturaron,
340   que habían agarrao también.
      Las cosas que aquí se ven

ni los diablos las pensaron.

A mí el juez me tomó entre ojos
en la última votación.
345 Me le había hecho el remolón
y no me arrimé ese día.
y él dijo que yo servía
a los de la esposición.

Y ansí sufrí ese castigo
350 tal vez por culpas agenas.
Que sean malas o sean güenas
las listas, siempre me escondo.
Yo soy un gaucho redondo
y esas cosas no me enllenan.

355 Al mandarnos nos hicieron
más promesas que a un altar.
El juez nos jue a ploclamar
y nos dijo muchas veces:
—«Muchachos, a los seis meses
360 los van a revelar.»

Yo llevé un moro de número
¡sobresaliente el matucho!
Con él gané en Ayacucho
más plata que agua bendita.
365 Siempre el gaucho necesita
un pingo pa fiarle un pucho.

Y cargué sin dar más güeltas
con las prendas que tenía.
Gergas, poncho, cuanto había
370 en casa, tuito lo alcé.
A mi china la dejé
medio desnuda ese día.

No me faltaba una guasca;
esa ocasión eché el resto:
375   bozal, maniador, cabresto,
lazo, bolas y manea...
¡El que hoy tan pobre me vea
tal vez no creerá todo esto!

Ansí en mi moro escarciando
380   enderesé a la frontera.
¡Aparcero!, si usté viera
lo que se llama cantón...
Ni envidia tengo al ratón
en aquella ratonera.

385   De los pobres que allí había
a ninguno lo largaron;
los más viejos resongaron,
pero a uno que se quejó,
en seguida lo estaquiaron
390   y la cosa se acabó.

En la lista de la tarde
el jefe nos cantó el punto,
diciendo: —«Quinientos juntos
llevará el que se resierte;
395   lo haremos pitar del juerte;
mas bien dese por dijunto.»

A naides le dieron armas,
pues toditas las que había
el coronel las tenía,
400   sigún dijo esa ocasión,
pa repartirlas el día
en que hubiera una invasión.

Al principio nos dejaron
de haraganes, criando sebo;

405 pero después... no me atrevo
a decir lo que pasaba...
¡Barajo!... si nos trataban
como se trata a malevos.

Porque todo era jugarle
410 por los lomos con la espada,
y aunque usté no hiciera nada,
lo mesmito que en Palermo,
le daban cada cepiada
que lo dejaban enfermo.

415 Y ¡qué indios ni qué servicio!
¡Si allí no había ni cuartel!
Nos mandaba el coronel
a trabajar en sus chacras,
y dejábamos las vacas
420 que las llevara el infiel.

Yo primero sembré trigo
y después hice un corral;
corté adobe pa un tapial,
hice un quincho, corté paja...
425 ¡La pucha que se trabaja
sin que le larguen ni un rial!

Y es lo pior de aquel enriedo
que si uno anda hinchando el lomo
se le apean como un plomo...
430 ¡Quién aguanta aquel infierno!
Y eso es servir al Gobierno,
a mí no me gusta el cómo.

Más de un año nos tuvieron
en esos trabajos duros;
435 y los indios, le asiguro,
dentraban cuando querían:

como no los perseguían
siempre andaban sin apuro.

A veces decía al volver
440   del campo la descubierta
que estuviéramos alerta,
que andaba adentro la indiada,
porque había una rastrillada
o estaba una yegua muerta.

445   Recién entonces salía
la orden de hacer la riunión,
y cáibamos al cantón
en pelos y hasta enancaos;
sin armas, cuatro pelaos,
450   que ívamos a hacer jabón.

Ay empezaba el afán,
se entiende, de puro vicio,
de enseñarle el ejercicio
a tanto gaucho recluta
455   con un estrutor... ¡qué... bruta!,
que nunca sabía su oficio.

Daban entonces las armas
pa defender los cantones,
que eran lanzas y latones
460   con ataduras de tiento...
Las de juego no las cuento
porque no había municiones.

Y chamuscao un sargento,
me contó que las tenían,
465   pero que ellos las vendían
para cazar avestruces;
y ansí andaban noche y día
dele bala a los ñanduces,

            Y cuando se iban los indios
470   con lo que habían manotiao,
        salíamos muy apuraos
        a perseguirlos de atrás;
        si no se llevaban más
        es porque no habían hallao.

475   Allí sí se ven desgracias
        y lágrimas y aflicciones;
        naides les pida perdones
        al indio, pues donde dentra
        roba y mata cuanto encuentra
480   y quema las poblaciones.

            No salvan de su juror
        ni los pobres anjelitos;
        viejos, mozos y chiquitos,
        los mata del mesmo modo,
485   que el indio lo arregla todo
        con la lanza y con los gritos.

            Tiemblan las carnes al verlo
        volando al viento la cerda;
        la rienda en la mano izquierda
490   y la lanza en la derecha,
        ande enderiesa abre brecha,
        pues no hay lanzaso que pierda.

            Hace trotiadas tremendas
        dende el fondo del desierto;
495   ansí llega medio muerto
        de hambre, de se y de fatiga;
        pero el indio es una hormiga
        que día y noche está dispierto.

            Sabe manejar las bolas
500   como naides las maneja;

cuanto el contrario se aleja
manda una bola perdida,
y si lo alcanza, sin vida
es siguro que lo deja.

505   Y el indio es como tortuga
de duro para espichar;
si lo llega a destripar
ni siquiera se le encoge;
luego, sus tripas recoje,
510   y se agacha a disparar.

Hacían el robo a su gusto
y después se ivan de arriba,
se llevaban las cautivas
y nos contaban que a veces
515   les descarnaban los pieses,
a las pobrecitas, vivas.

¡Ah, si partía el corazón
ver tantos males, canejo!
Los perseguíamos de lejos
520   sin poder ni galopiar;
y ¡qué habíamos de alcanzar
en unos bichocos viejos!

Nos volvíamos al cantón
a las dos o tres jornadas,
525   sembrando las caballadas;
y pa que alguno la venda,
rejuntábamos la hacienda
que habían dejao resagada.

Una vez, entre otras muchas,
530   tanto salir al botón,
nos pegaron un malón
los indios, y una lanciada,

que la gente acobardada
quedó dende esa ocasión.

535   Habían estao escondidos
aguaitando atrás de un cerro...
¡Lo viera a su amigo Fierro
aflojar como un blandito!
Salieron como maíz frito
540   en cuanto sonó un cencerro.

Al punto nos dispusimos,
aunque ellos eran bastantes;
la formamos al istante
nuestra gente, que era poca,
545   y golpiándose en la boca
hicieron fila adelante.

Se vinieron en tropel
haciendo temblar la tierra.
No soy manco pa la guerra,
550   pero tuve mi jabón,
pues iva en un redomón
que había boliao en la sierra.

¡Qué vocerío! ¡Qué barullo!
¡Qué apurar esa carrera!
555   La indiada todita entera
dando alaridos cargó.
¡Jué pucha!... y ya nos sacó
como yeguada matrera.

¡Qué fletes traiban los bárbaros!
560   Como una luz de lijeros,
hicieron el entrevero,
y en aquella mescolanza,
éste quiero, éste no quiero,
nos escojían con la lanza.

565   Al que le dan un chuzaso,
dificultoso es que sane.
En fin, para no echar panes
salimos por esas lomas
lo mesmo que las palomas
570   al juir de los gavilanes.

     ¡Es de almirar la destreza
con que la lanza manejan!
De perseguir nunca dejan,
y nos traiban apretaos.
575   ¡Si queríamos, de apuraos,
salirnos por las orejas!

     Y pa mejor de la fiesta,
en esta aflición tan suma,
vino un indio echando espuma
580   y con la lanza en la mano
gritando:—«Acabau, cristiano,
metau el lanza hasta el pluma.»

     Tendido en el costillar,
cimbrando por sobre el brazo
585   una lanza como un lazo,
me atropeyó dando gritos.
Si me descuido... el maldito
me levanta de un lanzazo.

     Si me atribulo o me encojo,
590   siguro que no me escapo.
Siempre he sido medio guapo;
pero en aquella ocasión
me hacía buya el corazón
como la garganta al sapo.

595   Dios le perdone al salvaje
las ganas que me tenía...

Desaté las tres marías
y lo engatusé a cabriolas...
¡Pucha!... Si no traigo bolas
600   me achura el indio ese día.

Era el hijo de un casique,
sigún yo lo averigüé;
la verdá del caso jué
que me tuvo apuradazo,
605   hasta que al fin de un bolazo
del caballo lo bajé.

Ay no más me tiré al suelo
y lo pisé en las paletas;
empezó a hacer morisquetas
610   y a mesquinar la garganta.
Pero yo hice la obra santa
de hacerlo estirar la geta.

Allí quedó de mojón
y en su caballo salté;
615   de la indiada disparé,
pues si me alcanza, me mata;
y al fin me las escapé
con el hilo en una pata.

IV

Seguiré esta relación,
620   aunque pa chorizo es largo.
El que pueda, hágase cargo
cómo andaría de matrero
después de salvar el cuero
de aquel trance tan amargo.

625   Del sueldo nada les cuento,

porque andaba disparando.
Nosotros de cuando en cuando
solíamos ladrar de pobres;
nunca llegaban los cobres
630   que se estaban aguardando.

Y andábamos de mugrientos
que el mirarnos daba horror;
le juro que era un dolor
ver esos hombres ¡por Cristo!
635   En mi perra vida he visto
una miseria mayor.

Yo no tenía ni camisa
ni cosa que se parezca;
mis trapos sólo pa yesca
640   me podían servir al fin...
No hay plaga como un fortín
para que el hombre padezca.

Ponchos, gergas, el apero,
las prenditas, los botones,
645   todo, amigo, en los cantones
jué quedando poco a poco,
ya nos tenían medio loco
la pobreza y los ratones.

Sólo una manta peluda
650   era cuanto me quedaba;
la había agenciao a la taba
y ella me tapaba el bulto.
Yaguané que allí ganaba
no salía... ni con indulto.

655   Y pa mejor, hasta el moro
se me jué de entre las manos.
No soy lerdo... pero, hermano,

vino el comendante un día
diciendo que lo queria
660 «pa enseñarle a comer grano».

Afigúrese cualquiera
la suerte de este su amigo
a pie y mostrando el umbligo,
estropiao, pobre y desnudo.
665 Ni por castigo se pudo
hacerse más mal conmigo.

Ansí pasaron los meses,
y vino el año siguiente,
y las cosas igualmente
670 siguieron del mesmo modo:
adrede parece todo
para aburrir a la gente.

No teníamos más permiso
ni otro alivio la gauchada
675 que salir de madrugada
cuando no había indio ninguno,
campo ajuera, a hacer boliadas,
desocando los reyunos.

Y cáibamos al cantón
680 con los fletes aplastaos;
pero a veces, medio aviaos,
con pluma y algunos cueros,
que ay no más con el pulpero
los teníamos negociaos.

685 Era un amigo del gefe
que con un boliche estaba;
yerba y tabaco nos daba
por la pluma de avestruz,
y hasta le hacía ver la luz

690 al que un cuero le llevaba.

     Sólo tenía cuatro frascos
y unas barricas vacías
y a la gente le vendía
todo cuanto precisaba.
695 A veces creiba que estaba
allí la proveduria.

     ¡Ah pulpero habilidoso!
Nada le solía faltar,
¡ay juna!, y para tragar
700 tenía un buche de ñandú.
La gente le dio en llamar
«el boliche de virtú».

     Aunque es justo que quien vende
algún poquitito muerda,
705 tiraba tanto la cuerda
que con sus cuatro limetas
él cargaba las carretas
de plumas, cueros y cerda.

     Nos tenían apuntaos a todos
710 con más cuentas que un rosario,
cuando se anunció un salario
que iban a dar, o un socorro;
pero sabe Dios qué zorro
se lo comió al comisario.

715 Pues nunca lo vi llegar;
y al cabo de muchos días,
en la mesma pulpería
dieron una *buena cuenta*,
que la gente, muy contenta,
720 de tan pobre, recebía.

       Sacaron unos sus prendas
       que las tenían empeñadas;
       por sus diudas atrasadas
       dieron otros el dinero;
725   al fin de fiesta el pulpero
       se quedó con la mascada.

       Yo me arrecosté a un orcón
       dando tiempo a que pagaran,
       y poniendo güena cara,
730   estuve haciéndome el poyo,
       a esperar que me llamaran
       para recibir mi boyo.

       Pero ay me pude quedar
       pegao pa siempre al orcón:
735   ya era casi la oración
       y ninguno me llamaba.
       La cosa se me ñublaba
       y me dentró comezón.

       Pa sacarme el entripao
740   vi al mayor, y lo fi a hablar.
       Yo me le empecé a atracar,
       y como con poca gana
       le dije: —«Tal vez mañana
       acabarán de pagar.»

745   —«¡Qué mañana ni otro día!»
       —al punto me contestó—.
       La paga ya se acabó,
       siempre has de ser animal.»
       Me raí y le dije: —«Yo...
750   no he recebido ni un rial.»

       Se le pusieron los ojos
       que se le querían salir,

y ay no más volvió a decir,
comiéndome con la vista:
755   —«Y ¿qué querés recebir
si no has dentrao en la lista?»

«Esto sí que es amolar
—dije yo pa mis adentros—.
Van dos años que me encuentro,
760   y hasta aura he visto ni un grullo;
dentro en todos los barullos,
pero en las listas no dentro.»

Vide el plaito mal parao
y no quise aguardar más...
765   Es güeno vivir en paz
con quien nos ha de mandar.
Y reculando pa atrás
me le empecé a retirar.

Supo todo el comendante
770   y me llamó al otro día,
diciéndome que quería
aviriguar bien las cosas,
que no era el tiempo de Rosas,
que aura a naides se debía.

775   Llamó al cabo y al sargento
y empezó la indagación:
si había venido al cantón
en tal tiempo o en tal otro...
y si había venido en potro,
780   en reyuno o redomón.

Y todo era alborotar
al ñudo y hacer papel.
Conocí que era pastel
pa engordar con mi guayaca;

785   mas si voy al coronel
me hacen bramar en la estaca.

    ¡Ah hijos de una!... La codicia
ojalá les ruempa el saco.
Ni un pedazo de tabaco
790   le dan al pobre soldao
y lo tienen de delgao
más lijero que un guanaco.

    Pero qué iba a hacerles yo,
charabón en el desierto;
795   más bien me daba por muerto
pa no verme más fundido;
y me les hacía el dormido
aunque soy medio dispierto.

V

    Ya andaba desesperao,
800   aguardando una ocasión;
que los indios un malón
nos dieran y entre el estrago
hacérmeles cimarrón
y volverme pa mi pago.

805   Aquello no era servicio
ni defender la frontera:
aquello era ratonera
en que sólo gana el juerte;
era jugar a la suerte
810   con una taba culera.

    Allí tuito va al revés:
los milicos se hacen piones
y andan por las poblaciones
emprestaos pa trabajar:

815   los rejuntan pa peliar
cuando entran indios ladrones.

    Yo he visto en esa milonga
muchos gefes con estancia,
y piones en abundancia,
820   y majadas y rodeos;
he visto negocios feos,
a pesar de mi inorancia.

    Y colijo que no quieren
la barunda componer.
825   Para esto no ha de tener
el gefe aunque esté de estable
más que su poncho y su sable,
su caballo y su deber.

    Ansina, pues, conociendo
830   que aquel mal no tiene cura,
que tal vez mi sepultura
si me quedo iba a encontrar,
pensé en mandarme mudar
como cosa más sigura.

835   Y pa mejor, una noche,
¡qué estaquiada me pegaron!
Casi me descoyuntaron
por motivo de una gresca.
¡Ay juna, si me estiraron
840   lo mesmo que guasca fresca!

    Jamás me puedo olvidar
lo que esta vez me pasó:
dentrando una noche yo
al fortín, un enganchao
845   que estaba medio mamao
allí me desconoció.

Era un gringo tan bozal
que nada se le entendía.
¡Quién sabe de ande sería!
850   Tal vez no juera cristiano,
pues lo único que decía
es que era *pa-po-litano*.

        Estaba de centinela,
y por causa del peludo
855   verme más claro no pudo
y ésa jué la culpa toda:
el bruto se asustó al ñudo
y fi el pavo de la boda.

        Cuando me vido acercar:
860   —«¿*Quén vívore?*» —preguntó.
—«¿*Qué víboras*» —dije yo.
—«¡*Ha garto!*» —me pegó el grito,
y yo dije despacito:
—«*Más lagarto serás vos.*»

865   Ay no más ¡Cristo me valga!
Rastrillar el fusil siento;
me agaché, y en el momento
el bruto me largó un chumbo;
mamao, me tiró sin rumbo,
870   que si no, no cuento el cuento.

        Por de contao, con el tiro
se alborotó el abispero;
los oficiales salieron
y se empezó la junción:
875   quedó en su puesto el nación,
y yo fi al estaquiadero.

        Entre cuatro bayonetas
me tendieron en el suelo;

vino el mayor medio en pedo,
880 y allí se puso a gritar:
—«Pícaro, te he de enseñar
a andar declamando sueldos.»

De las manos y las patas
me ataron cuatro sinchones;
885 les aguanté los tirones
sin que ni un ¡ay! se me oyera,
y al gringo la noche entera
lo harté con mis maldiciones.

Yo no sé por qué el Gobierno
890 nos manda aquí a la frontera
gringada que ni siquiera
se sabe atracar a un pingo.
¡Si crerá al mandar un gringo
que nos manda alguna fiera!

895 No hacen más que dar trabajo,
pues no saben ni ensillar,
no sirven ni pa carniar,
y yo he visto muchas veces
que ni voltiadas las reses
900 se les querían arrimar.

Y lo pasan sus mercedes
lengüetiando pico a pico,
hasta que viene un milico
a servirles el asao;
905 y, eso sí, en lo delicaos
parecen hijos de rico.

Si hay calor, ya no son gente;
si yela, todos tiritan;
si usté no les da, no pitan
910 por no gastar en tabaco,

y cuando pescan un naco
unos a otros se lo quitan.

Cuanto llueve se acoquinan
como el perro que oye truenos.
915 ¡Qué diablos!, sólo son güenos
pa vivir entre maricas,
y nunca se andan con chicas
para alzar ponchos ajenos.

Pa vichar son como ciegos:
920 ni hay ejemplo de que entienden,
no hay uno solo que aprienda.
al ver un bulto que cruza,
a saber si es avestruza
o si es ginete o hacienda.

925 Si salen a perseguir,
después de mucho aparato,
tuitos se pelan al rato
y va quedando el tendal,
Esto es como en un nidal
930 echarle güebos a un gato.

VI

Vamos dentrando recién
a la parte más sentida,
aunque es todita mi vida
de males una cadena.
935 A cada alma dolorida
le gusta cantar sus penas.

Se empezó en aquel entonces
a rejuntar caballada
y riunir la milicada
940 teniéndola en el cantón,

para una despedición
a sorprender a la indiada.

Nos anunciaban que iríamos
sin carretas ni bagajes
945   a golpiar a los salvages
en sus mesmas tolderías;
que a la güelta pagarían,
licenciándolo, al gauchaje.

Que en esta despedición
950   tuviéramos la esperanza,
que iba a venir sin tardanza,
sigún el gefe contó,
un menistro, o qué sé yo,
que le llamaban don Ganza.

955   Que iba a riunir el ejército
y tuitos los batallones,
y que traiba unos cañones
con más rayas que un cotín,
¡Pucha!, las conversaciones
960   por allá no tenían fin.

Pero esas trampas no enriedan
a los zorros de mi laya;
que el menistro venga o vaya,
poco le importa a un matrero:
965   yo también dejé las rayas...
en los libros del pulpero.

Nunca jui gaucho dormido,
siempre pronto, siempre listo,
yo soy un hombre, ¡qué Cristo!,
970   que nada me ha acobardao,
y siempre salí parao
en los trances que me he visto.

Dende chiquito gané
la vida con mi trabajo,
975   y aunque siempre estuve abajo
y no sé lo que es subir,
también el mucho sufrir
suele cansarnos ¡barajo!

En medio de mi inorancia
980   conozco que nada valgo;
soy la liebre o soy el galgo
asigún los tiempos andan;
pero también los que mandan
debieran cuidarnos algo.

985   Una noche que riunidos
estaban en la carpeta
empinando una limeta
el jefe y el juez de paz,
yo no quise aguardar más,
990   y me hice humo en un sotreta.

Para mí el campo son flores
dende que libre me veo;
donde me lleva el deseo
allí mis pasos dirijo,
995   y hasta en las sombras, de fijo
que a donde quiera rumbeo.

Entro y salgo del peligro
sin que me espante el estrago;
no aflojo al primer amago
1000   ni jamás fi gaucho lerdo;
soy pa rumbiar como el cerdo,
y pronto caí a mi pago.

Volvía al cabo de tres años
de tanto sufrir al ñudo.

1005   Resertor, pobre y desnudo,
a procurar suerte nueva;
y lo mesmo que el peludo
enderesé pa mi cueva.

      No hallé ni rastro del rancho
1010   ¡sólo estaba la tapera!
¡Por Cristo, si aquello era
pa enlutar el corazón!
¡Yo juré en esa ocasión
ser más malo que una fiera!

1015   ¡Quién no sentirá lo mesmo
cuando ansí padece tanto!
Puedo asigurar que el llanto
como una mujer largué.
¡Ay mi Dios, si me quedé
1020   más triste que Jueves Santo!

      Sólo se oiban los aullidos
de un gato que se salvó;
el pobre se guareció
cerca, en una vizcachera;
1025   venía como si supiera
que estaba de güelta yo.

      Al dirme dejé la hacienda,
que era todito mi haber;
pronto debíamos volver,
1030   según el juez prometía,
y hasta entonces cuidaría
de los bienes la mujer.

… … …
… … …
… … …

      Después me contó un vecino
que el campo se lo pidieron,

1035   la hacienda se la vendieron
       pa pagar arrendamientos,
       y qué sé yo cuántos cuentos;
       pero todo lo fundieron.

       Los pobrecitos muchachos,
1040   entre tantas afliciones
       se conchabaron de piones;
       mas ¡qué ivan a trabajar,
       si eran como los pichones
       sin acabar de emplumar!

1045   Por ay andarán sufriendo
       de nuestra suerte el rigor:
       me han contado que el mayor
       nunca dejaba a su hermano.
       Puede ser que algún cristiano
1050   los recoja por favor.

       ¡Y la pobre mi mujer
       Dios sabe cuánto sufrió!
       Me dicen que se voló
       con no sé qué gavilán:
1055   sin duda a buscar el pan
       que no podía darle yo.

       No es raro que a uno le falte
       lo que a algún otro le sobre:
       si no le quedó ni un cobre,
1060   sino de hijos un enjambre,
       ¿qué más iba a hacer la pobre
       para no morirse de hambre?

       ¡Tal vez no te vuelva a ver,
       prenda de mi corazón!
1065   Dios te dé su protección,
       ya que no me la dio a mí.

Y a mis hijos dende aquí
les echo mi bendición.

Como hijitos de la cuna
1070 andarán por ay sin madre;
ya se quedaron sin padre,
y ansí la suerte los deja
sin naides que los proteja
y sin perro que los ladre.

1075 Los pobrecitos tal vez
no tengan ande abrigarse,
ni ramada ande ganarse,
ni un rincón ande meterse,
ni camisa que ponerse,
1080 ni poncho con que taparse.

Tal vez los verán sufrir
sin tenerles compasión;
puede que alguna ocasión,
aunque los vean tiritando,
1085 los echen de algún jogón
pa que no estén estorbando.

Y al verse ansina espantaos
como se espanta a los perros,
irán los hijos de Fierro,
1090 con la cola entre las piernas,
a buscar almas más tiernas
o esconderse en algún cerro.

Mas también en este juego
voy a pedir mi volada:
1095 a naides le debo nada,
ni pido cuartel ni doy,
y ninguno dende hoy
ha de llevarme en la armada.

Yo he sido manso primero
1100 y seré gaucho matrero
en mi triste circunstancia:
aunque es mi mal tan projundo,
nací y me he criao en estancia,
pero ya conozco el mundo.

1105 Ya le conozco sus mañas,
le conozco sus cucañas,
sé cómo hacen la partida,
la enriedan y la manejan.
Desaceré la madeja,
1110 aunque me cueste la vida.

Y aguante el que no se anime
a meterse en tanto engorro
o si no aprétese el gorro
o para otra tierra emigre;
1115 pero yo ando como el tigre
que le roban los cachorros.

Aunque muchos cren que el gaucho
tiene un alma de reyuno,
no se encontrará ninguno
1120 que no le dueblen las penas;
mas no debe aflojar uno
mientras hay sangre en las venas.

VII

De carta de más me vía
sin saber adónde dirme;
1125 mas dijieron que era vago
y entraron a perseguirme.

Nunca se achican los males,
van poco a poco creciendo,
y ansina me vide pronto
1130   obligao a andar juyendo.

No tenía muger ni rancho,
y a más era resertor;
no tenía una prenda güena
ni un peso en el tirador.

1135   A mis hijos infelices,
pensé volverlos a hallar,
y andaba de un lao al otro
sin tener ni qué pitar.

Supe una vez, por desgracia,
1140   que había un baile por allí,
y medio desesperao
a ver la milonga fui.

Riunidos al pericón
tantos amigos hallé,
1145   que alegre de verme entre ellos
esa noche me apedé.

Como nunca en la ocasión
por peliar me dio la tranca,
y la emprendí con un negro
1150   que trujo una negra en ancas.

Al ver llegar la morena,
que no hacía caso de naides,
le dije con la mamúa:
—«Va...ca...yendo gente al baile.»

1155   La negra entendió la cosa
y no tardó en contestarme,

mirándome como a perro:
—«Más vaca será su madre.»

Y dentró al baile muy tiesa,
1160 con más cola que una zorra,
haciendo blanquiar los dientes
lo mesmo que mazamorra:

—«Negra linda —dije yo—.
Me gusta... pa la carona.»
1165 Y me puse a talariar
esta coplita fregona:

«A los blancos hizo Dios;
a los mulatos, San Pedro;
a los negros hizo el diablo
1170 para tizón del infierno.»

Había estao juntando rabia
el moreno dende ajuera:
en lo oscuro le brillaban
los ojos como linterna.

1175 Lo conocí retobao,
me acerqué y le dije presto:
—«Po...r...rudo que un hombre sea,
nunca se enoja por esto.»

Corcovió el de los tamangos,
1180 y creyéndose muy fijo:
—«Más *porrudo* serás vos,
gaucho rotoso» —me dijo.

Y ya se me vino al humo,
como a buscarme la hebra,
1185 y un golpe le acomodé
con el porrón de ginebra.

Ay no más pegó el de ollín
más gruñidos que un chanchito,
y pelando el envenao
1190   me atropelló dando gritos.

Pegué un brinco y abrí cancha
diciéndoles:—«Caballeros,
dejen venir ese toro.
Solo nací..., solo muero.»

1195   El negro, después del golpe
se había el poncho refalao
y dijo: —«Vas a saber
si es solo o acompañao.»

Y mientras se arremangó
1200   yo me saqué las espuelas,
pues malicié que aquel tío
no era de arriar con las riendas.

No hay cosa como el peligro
pa refrescar un mamao:
1205   hasta la vista se aclara
por mucho que aiga chupao.

El negro me atropelló
como a quererme comer;
me hizo dos tiros seguidos
1210   y los dos le abarajé.

Yo tenía un facón con S
que era de lima de acero;
le hice un tiro, lo quitó
y vino ciego el moreno.

1215   Y en el medio de las aspas
un planaso le asenté

que le largué culebriando
lo mismo que buscapié.

Le coloriaron las motas
1220 con la sangre de la herida,
y volvió a venir furioso
como una tigra parida.

Y ya me hizo relumbrar
por los ojos el cuchillo,
1225 alcansando con la punta
a cortarme en un carrillo.

Me hirbió la sangre en las venas
y me le afirmé al moreno,
dándole de punta y haeha
1230 pa dejar un diablo menos.

Por fin en una topada
en el cuchillo lo alcé,
y como un saco de güesos
contra el cerco lo largué.

1235 Tiró unas cuantas patadas
y ya cantó pa el carnero.
Nunca me puedo olvidar
de la agonía de aquel negro.

En esto la negra vino
1240 con los ojos como agí,
y empesó, la pobre, allí
a bramar eomo una loba.
Yo quise darle una soba
a ver si la haeía eallar;

1245 Mas pude reflexionar
que era malo en aquel punto,

y por respeto al dijunto
no la quise eastigar.

1250 Limpié el facón en los pastos,
desaté mi redomón,
monté despacio y salí
al tranco pa el cañadón.

Después supe que al finao
ni siquiera lo velaron
1255 y retobao en un cuero
sin resarle lo enterraron.

Y dicen que dende entonces,
cuando es la noche serena,
suele verse una luz mala
1260 como de alma que anda en pena.

Yo tengo intención a veces,
para que no pene tanto
de sacar de allí los güesos
y echarlos al campo santo.

VIII

1265 Otra vez, en un boliche
estaba haciendo la tarde;
cayó un gaucho que hacía alarde
de guapo y de peliador.

A la llegada metió
1270 el pingo hasta la ramada,
y yo sin decirle nada
me quedé en el mostrador.

Era un terne de aquel pago
que naides lo reprendía,

1275   que sus enriedos tenía
       con el señor comendante.

       Y como era protejido,
       andaba muy entonao,
       y a cualquiera desgraciao
1280   lo llevaba por delante.

       ¡Ah, pobre, si él mismo creiba
       que la vida le sobraba!
       Ninguno diría que andaba
       aguaitándolo la muerte.

1285   Pero ansí pasa en el mundo,
       es ansí la triste vida:
       pa todos está escondida
       la güena o la mala suerte.

       Se tiró al suelo, al dentrar
1290   le dio un empeyón a un vasco,
       y me alargó un medio frasco
       diciendo:—«Beba, cuñao.»
       —«Por su hermana —contesté—
       que por la mía no hay cuidao.»

1295   —¡Ah, gaucho! —me respondió—;
       ¿De qué pago será criollo?
       «Lo andará buscando el oyo,
       deberá tener güen cuero;
       pero ande bala este toro
1300   no bala ningún ternero.»

       Y ya salimos trensaos,
       porque el hombre no era lerdo;
       mas como el tino no pierdo
       y soy medio lijerón,

1305   lo dejé mostrando el sebo
de un revés con el facón.

Y como con la justicia
no andaba bien por allí,
cuanto pataliar lo vi
1310   y el pulpero pegó el grito,
ya pa el palenque salí,
como haciéndome chiquito.

Monté y me encomendé a Dios,
rumbiando para otro pago;
1315   que el gaucho que llaman vago
no puede tener querencia,
y ansí, de estrago en estrago,
vive yorando la ausencia.

Él anda siempre juyendo.
1320   Siempre pobre y perseguido;
no tiene cueva ni nido,
como si juera maldito;
porque el ser gaucho... ¡barajo!,
el ser gaucho es un delito.

1325   Es como el patrio de posta:
lo larga éste, aquél lo toma,
nunca se acaba la broma;
dende chico se parece
al arbolito que crece
1330   desemparao en la loma.

Le echan la agua del bautismo
aquel que nació en la selva;
«buscá madre que te envuelva»,
se dice el flaire, y lo larga,
1335   y dentra a crusar el mundo
como burro con la carga.

Y se cría viviendo al viento
como oveja sin trasquila,
mientras su padre en las filas
1340 anda sirviendo al Gobierno.
Aunque tirite en invierno,
naides lo ampara ni asila.

Le llaman gaucho mamao
si lo pillan divertido,
1345 y que es mal entretenido
si en un baile lo sorprienden;
hace mal si se defiende
y si no, se ve... fundido.

No tiene hijos, ni mujer,
1350 ni amigos ni protetores;
pues todos son sus señores,
sin que ninguno lo ampare.
Tiene la suerte del güey,
¿y dónde irá el güey que no are?

1355 Su casa es el pajonal,
su guarida es el desierto;
y si de hambre medio muerto
le echa el lazo a algún mamón,
lo persiguen como a plaito
1360 porque es un «gaucho ladrón».

Y si de un golpe por ay
la dan güelta panza arriba,
no hay un alma compasiva
que le rese una oración;
1365 tal vez como cimarrón
en una cueva lo tiran.

Él nada gana en la paz
y es el primero en la guerra;

no lo perdonan si yerra,
1370   que no saben perdonar,
porque el gaucho en esta tierra
sólo sirve pa votar.

Para él son los calabozos,
para él las duras prisiones,
1375   en su boca no hay razones
aunque la razón le sobre;
que son campanas de palo
las razones de los pobres.

Si uno aguanta, es gaucho bruto;
1380   si no aguanta, es gaucho malo.
¡Dele azote, dele palo!,
porque es lo que él necesita.
De todo el que nació gaucho
ésta es la suerte maldita.

1385   Vamos, suerte, vamos juntos,
dende que juntos nacimos;
y ya que juntos vivimos
sin podernos dividir,
yo abriré con mi cuchillo
1390   el camino pa seguir.

IX

Matreriando lo pasaba
y a las casas no venía.
Solía arrimarme de día;
mas, lo mesmo que el carancho,
1395   siempre estaba sobre el rancho
espiando a la polecía.

Viva el gaucho que anda mal
como zorro perseguido,
hasta que al menor descuido
1400   se lo atarasquen los perros,
pues nunca le falta un yerro
al hombre más alvertido.

Y en esa hora de la tarde
en que tuito se adormese,
1405   que el mundo dentrar parece
a vivir es pura calma,
con las tristezas de su alma
al pajonal enderiese.

Bala el tierno corderito
1410   al lao de la blanca oveja,
y a la vaca que se aleja
llama el ternero amarrao;
pero el gaucho desgraciao
no tiene a quién dar su queja.

1415   Ansí es que al venir la noche
iva a buscar mi guarida,
pues ande el tigre se anida
también el hombre lo pasa,
y no quería que en las casas
1420   me rodiara la partida.

Pues aun cuando vengan ellos
cumpliendo con sus deberes,
yo tengo otros pareceres,
y en esa conducta vivo;
1425   que no debe un gaucho altivo
peliar entre las mujeres.

Y al campo me iba solito,
más matrero que el venao,

                 como perro abandonao,
1430   a buscar una tapera,
                 o en alguna bisachera
                 pasar la noche tirao.

                 Sin punto ni rumbo fijo
                 en aquella inmensidá,
1435   entre tanta escuridá
                 anda el gaucho como duende;
                 allí jamás lo sorpriende
                 dormido la autoridá.

                 Su esperanza es el coraje,
1440   su guardia es la precaución,
                 su pingo es la salvación,
                 y pasa uno en su desvelo
                 sin más amparo que el cielo
                 ni otro amigo que el facón.

                 ...   .
                 ...   .
                 ...   .

1445   Ansí me hallaba una noche,
                 contemplando las estrellas,
                 que le parecen más bellas
                 cuanto uno es más desgraciao
                 y que Dios las haiga criao
1450   para consolarse en ellas.

                 Les tiene el hombre cariño,
                 y siempre con alegría
                 ve salir las Tres Marías;
                 que si llueve, cuanto escampa,
1455   las estrellas son la guía
                 que el gaucho tiene en la pampa.

Aquí no valen dotores,
sólo vale la esperencia;
aquí verían su inocencia
1460   esos que todo lo saben;
porque esto tiene otra llave
y el gaucho tiene su cencia.

Es triste en medio del campo
pasarse noches enteras
1465   contemplando en sus carreras
las estrellas que Dios cría,
sin tener más compañía
que su soledá y las fieras.

Me encontraba, como digo,
1470   en aquella soledá,
entre tanta escuridá,
echando al viento mis quejas,
cuando el grito del chajá
me hizo parar las orejas.

1475   Como lumbriz me pegué
al suelo para escuchar;
pronto sentí retumbar
las pisadas de los fletes,
y que eran muchos ginetes
1480   conocí sin vasilar.

Cuando el hombre está en peligro
no debe tener confianza;
ansí, tendido de panza,
puse toda mi atención,
1485   y ya escuché sin tardanza
como el ruido de un latón.

Se venían tan calladitos
que yo me puse en cuidao;

tal vez me habieran bombiao
1490   y me venían a buscar;
mas no quise disparar,
que eso es de gaucho morao.

    Al punto me santigüé
y eché de giñebra un taco;
1495   lo mesmito que el mataco
me arroyé con el porrón:
«Si han de darme pa tabaco,
dije, ésta es güena ocasión.»

    Me refalé las espuelas
1500   para no peliar con grillos;
me arremangué el calzoncillo
y me ajusté bien la faja,
y en una mata de paja
prové el filo del cuchillo.

1505   Para tenerlo a la mano
el flete en el pasto até,
la cincha le acomodé,
y en un trance como aquél,
haciendo espaldas en él
1510   quietito los aguardé.

    Cuanto cerca los sentí
y que ay nomás se pararon,
los pelos se me erizaron,
y aunque nada vían mis ojos
1515   —«no se han de morir de antojo»—
les dije cuando llegaron.

    Yo quise hacerles saber
que allí se hallaba un varón;
les conocí la intención,
1520   y solamente por eso

es que les gané el tirón,
sin aguardar voz de preso.

—«Vos sos un gaucho matrero»
—dijo uno, haciéndose el güeno—.
1525 «Vos matastes un moreno
y otro en una pulpería,
y aquí está la polecía,
que viene a justar tus cuentas,
te va a alzar por las cuarenta
1530 si te resistís hoy día.»

—«No me vengan —contesté—
con relación de dijuntos;
ésos son otros asuntos;
vean si me pueden llevar,
1535 que yo no me he de entregar
aunque vengan todos juntos.»

Pero no aguardaron más,
y se apiaron en montón.
Como a perro cimarrón
1540 me rodiaron entre tantos;
yo me encomendé a los santos,
y eché mano a mi facón.

Y ya vide el fogonazo
de un tiro de garabina;
1545 mas quiso le suerte indina
de aquel maula, que me errase,
y ay no más lo levantase,
lo mesmo que una sardina.

A otro que estaba apurao
1550 acomodando una bola,
le hice una dentrada sola
y le hice sentir el fierro,

y ya salió como el perro
cuando le pisan la cola.

1555   Era tanta la aflicción
y la angurria que tenían,
que tuitos se me venían
donde yo los esperaba:
uno al otro se estorbaba
1560 y con las ganas no vían.

    Dos de ellos, que traiban sables,
más garifos y resueltos,
en las hilachas envueltos
enfrente se me pararon,
y a un tiempo me atropellaron
1565 lo mesmo que perros sueltos.

    Me fui reculando en falso
y el poncho adelante eché,
1570 y en cuanto le puso el pie
uno medio chapetón,
de pronto le di el tirón
y de espaldas lo largué.

    Al verse sin compañero
el otro se sofrenó;
1575 entonces le dentré yo,
sin dejarlo resollar,
pero ya empezó a aflojar
y a la pun...ta disparó.

    Uno que en una tacuara
1580 había atao una tigera,
se vino como si fuera
palenque de atar terneros;
pero en dos tiros certeros

salió aullando campo ajuera.
1585   Por suerte en aquel momento
venía coloriando el alba,
y yo dije: «Si me salva
la Virgen en este apuro,
en adelante le juro
1590   ser más güeno que una malba.»

Pegué un brinco y entre todos
sin miedo me entreveré;
echo ovillo me quedé
y ya me cargó una yunta,
1595   y por el suelo la punta
de mi facón les jugué.

El más engolosinao
se me apió con un hachazo,
se lo quité con el brazo,
1600   de no, me mata los piojos;
y antes de que diera un paso
le eché tierra en los dos ojos.

Y mientras se sacudía
refregándose la vista,
1605   yo me le fuí como lista,
y ay no más me le afirmé
diciéndole: —«Dios te asista.»
Y de un revés lo voltié.

Pero en ese punto mesmo
1610   sentí que por las costillas
un sable me hacía cosquillas,
y la sangre se me heló:
desde ese momento yo
me salí de mis casillas.

1615   Di para atrás unos pasos
hasta que pude hacer pie;

por delante me lo eché
de punta y tajos a un criollo,
metió la pata en un oyo,
1620 y yo al oyo lo mandé.

Tal vez en el corazón
lo tocó un santo bendito
a un gaucho, que pegó el grito.
Y dijo: «Cruz no consiente
1625 que se cometa el delito
de matar ansí un valiente.»

Y ay no más se me aparió
dentrándole a la partida:
yo les hice otra envestida,
1630 pues entre dos era robo;
y el Cruz era como lobo
que defiende su guarida.

Uno despachó al infierno
de dos que lo atropellaron;
1635 los demás remoliniaron,
pues íbamos a la fija,
y a poco andar dispararon
lo mesmo que sabandija.

Ay quedaban largo a largo
1640 los que estiraron la jeta;
otro iva como maleta,
y Cruz, de atrás, les decía:
—«Que venga otra polecía
a llevarlos en carreta.»

1645 Yo junté las osamentas,
me hinqué y les recé un bendito;
hice una cruz de un palito
y pedí a mi Dios clemente

me perdonara el delito
1650   de haber muerto tanta gente.

     Dejamos amontanaos
a los pobres que murieron;
no sé si los recogieron,
porque nos fimos a un rancho,
1655   o si tal vez los caranchos
ay no más se los comieron.

     Lo agarramos mano a mano
entre los dos al porrón;
en semejante ocasión
1660   un trago a cualquiera encanta,
y Cruz no era remolón
ni pijotiaba garganta.

     Calentamos los gargueros
y nos largamos muy tiesos,
1665   siguiendo siempre los besos
al pichel, y, por más señas,
íbamos como sigüeñas,
estirando los pescuezos.

     —«Yo me voy —le dije—, amigo,
1670   donde la suerte me lleve,
y si es que alguno se atreve
a ponerse en mi camino,
yo seguiré mi destino,
que el hombre hace lo que debe.

1675   Soy un gaucho desgraciado,
no tengo donde ampararme,
ni un palo donde rascarme,
ni un árbol que me cubije;
pero ni aun esto me aflige,
1680   porque yo sé manejarme.

Antes de cair al servicio
tenía familia y hacienda;
cuando volví, ni la prenda
me la habían dejao ya.
1685 Dios sabe en lo que vendrá
a parar esta contienda.»

X

CRUZ

Amigazo, pa sufrir
han nacido los varones.
Éstas son las ocasiones
1690 de mostrarse un hombre juerte,
hasta que venga la muerte
y lo agarre a coscorrones.

El andar tan despilchao
ningún mérito me quita.
1695 Sin ser un alma bendita,
me duelo del mal ageno:
soy un pastel con relleno
que parece torta frita.

Tampoco me faltan males
1700 y desgracias, le prevengo;
también mis desdichas tengo,
aunque esto poco me aflige:
yo sé hacerme el chancho rengo
cuando la cosa lo esige.

1705 Y con algunos ardiles
voy viviendo, aunque rotoso;
a veces me hago el sarnoso
y no tengo ni un granito,

pero al chifle voy ganoso
1710 como panzón al maíz frito.

A mí no me matan penas
mientras tenga el cuero sano,
venga el sol en el verano
y la escarcha en el invierno:
1715 si este mundo es un infierno,
¿por qué afligirse el cristiano?

Hagámosle cara fiera
a los males, compañero,
porque el zorro más matrero
1720 suele cair como un chorlito:
viene por un corderito
y en la estaca deja el cuero.

Hoy tenemos que sufrir
males que no tienen nombre:
1725 pero esto a naides lo asombre
porque ansina es el pastel,
y tiene que dar el hombre
más vueltas que un carretel.

Yo nunca me he de entregar
1730 a los brazos de la muerte;
arrastro mi triste suerte
paso a paso y como pueda,
que donde el débil se queda
se suele escapar el juerte.

1735 Y ricuerde cada cual
lo que cada cual sufrió,
que lo que es, amigo, yo
hago ansí la cuenta mía:
ya lo pasado pasó,
1740 mañana será otro día.

        Yo también tuve una pilcha
que me enllenó el corazón,
y si en aquella ocasión
alguien me hubiera buscao,
1745 siguro que me había hallao
más prendido que un botón.

        En la güella del querer
no hay animal que se pierda...
Las mujeres no son lerdas,
1750 y todo gaucho es dotor
si pa cantarle al amor
tiene que templar las cuerdas.

        ¡Quién es de un alma tan dura
que no quiera una mujer!
1755 Lo alivia en su padecer:
si no sale calavera
es la mejor compañera
que el hombre puede tener.

        Si es güena, no lo abandona
1760 cuando lo ve desgraciao;
lo asiste con su cuidao
y con afán cariñoso,
y usté tal vez ni un rebozo
ni una pollera le ha dao.

1765   Grandemente lo pasaba
con aquella prenda mía,
viviendo con alegria
como la mosca en la miel.
¡Amigo, qué tiempo aquél!
1770 ¡La pucha, que la quería!

        Era la águila que a un árbol
dende las nubes bajó;

era más linda que el alba
cuando va rayando el sol;
1775 era la flor deliciosa
que entre el trevolar creció.

Pero, amigo, el comendante
que mandaba la milicia,
como que no desperdicia
1780 se fue refalando a casa.
Yo le conocía en la traza
que el hombre traiba malicia.

Él me daba voz de amigo,
pero no le tenía fe;
1785 era el gefe y, ya se ve,
no podía competir yo:
en mi rancho se pegó
lo mesmo que saguaipé.

A poco andar, conocí
1790 que ya me había desvancao,
y él siempre muy entonao,
aunque sin darme ni un cobre:
me tenía de lao a lao
como encomienda de pobre.

1795 A cada rato, de chasque
me hacía dir a gran distancia;
ya me mandaba a una estancia,
ya al pueblo, ya a la frontera;
pero él en la comendancia
1800 no ponía los pies siquiera.

Es triste a no poder más
el hombre en su padecer
si no tiene una mujer
que lo ampare y lo consuele;

1805   mas pa que otro se la pele
lo mejor es no tener.

No me gusta que otro gallo
le cacaree a mi gallina.
Yo andaba ya con la espina,
1810   hasta que en una ocasión
lo pillé junto al jogón
abrazándome a la china.

Tenía el viejito una cara
de ternero mal lamido.
1815   Y al verlo tan atrevido
le dije: —«Que le aproveche;
que había sido pa el amor
como guacho pa la leche.»

Peló la espada y se vino
1820   como a quererme ensartar,
pero yo, sin tutubiar,
le volví al punto a decir:
—«Cuidao no te vas a pér...tigo,
poné cuarta pa salir.»

1825   Un puntaso me largó.
pero el cuerpo le saqué,
y en cuanto se lo quité,
para no matar un viejo,
con cuidao, medio de lejo,
1830   un planaso le asenté.

Y como nunca al que manda
le falta algún adulón,
uno que en esa ocasión
se encontraba allí presente
1835   vino apretando los dientes
como perrito mamón.

Me hizo un tiro de revuélver
que el hombre creyó siguro;
era confiao, y le juro
1840 que cerquita se arrimaba;
pero siempre en un apuro
se desentumen mis tabas.

Él me siguió menudiando,
mas sin poderme acertar,
1845 y yo, dele culebriar,
hasta que al fin le dentré
y ay no más lo despaché
sin dejarlo resollar.

Dentré a campiar en seguida
1850 al viejito enamorao.
El pobre se había ganao
en un noque de lejía.
¡Quién sabe cómo estaría
del susto que había llevao!

1855 ¡Es sonso el cristiano macho
cuando el amor lo domina!
Él la miraba a la indina,
y una cosa tan jedionda
sentí yo, que ni en la fonda
1860 he visto tal jedentina.

Y le dije: —«Pa su agüela
han de ser esas perdices.»
Yo me tapé las narices
y me salí estornudando,
1865 y el viejo quedó olfatiando
como chico con lumbrices.

Cuando la mula recula,
señal que quiere cosiar,

Ansí se suele portar,
1870   aunque ella lo disimula:
recula como la mula
la mujer, para olvidar.

Alcé mi poncho y mis prendas
y me largué a padecer
1875   por culpa de una muger
que quiso engañar a dos;
al rancho le dije adiós,
para nunca más volver.

Las mujeres, dende entonces,
1880   conocí a todas en una;
ya no he de probar fortuna
con carta tan conocida:
muger y perra parida,
no se me acerca ninguna.

XI

1885   A otros les brotan las coplas
como agua de manantial;
pues a mí me pasa igual:
aunque las mías nada valen,
de la boca se me salen
1890   como ovejas del corral.

Que en puertiando la primera,
ya la siguen las demás,
y en montones las de atrás
contra los palos se estrellan,
1895   y saltan y se atropellan
sin que se corten jamás.

Y aunque yo por mi inocencia

con gran trabajo me esplico,
cuando llego a abrir el pico,
1900   téngalo por cosa cierta:
sale un verso y en la puerta
ya asoma el otro el hocico.

Y emprésteme su atención,
me oirá relatar las penas
1905   de que traigo la alma llena,
porque en toda circunstancia
paga el gaucho su inorancia
con la sangre de las venas.

Después de aquella desgracia
1910   me refugié en los pajales;
anduve entre los cardales
como vicho sin guarida;
pero, amigo, es esa vida
como vida de animales.

1915   Y son tantas las miserias
en que me he sabido ver,
que con tanto padecer
y sufrir tanta aflición
malicio que he de tener
1920   un callo en el corazón.

Ansí andaba como gaucho
cuando pasa el temporal.
Supe una vez, pa mi mal,
de una milonga que había,
1925   y ya pa la pulpería
enderecé mi bagual.

Era la casa del baile
un rancho de mala muerte,
y se enllenó de tal suerte

1930   que andábamos a empujones:
nunca faltan encontrones
cuando el pobre se divierte.

Yo tenía unas medias botas
con tamaños verdugones;
1935   me pusieron los talones
con crestas como los gallos.
¡Si viera mis afliciones
pensando yo que eran callos!

Con gato y con fandanguillo
1940   había empezado el changango,
y para ver el fandango
me colé haciéndome bola:
mas metió el diablo la cola
y todo se volvió pango.

1945   Había sido el guitarrero
un gaucho duro de boca,
yo tengo paciencia poca
pa aguantar cuando no debo;
a ninguno me le atrevo,
1950   pero me halla el que me toca.

A bailar un pericón
con una moza salí,
y cuando me vido allí
sin duda me conoció,
1955   y estas coplitas cantó,
como por raírse de mí:

«Las mujeres son todas
como las mulas,
yo no digo que todas,
1960   pero hay algunas
que a las aves que vuelan

les sacan plumas.

Hay gauchos que presumen
de tener damas.
1965   no digo que presumen,
pero se alaban,
y a lo mejor los dejan
tocando tablas.»

Se secretiaron las hembras,
1970   y yo ya me encocoré.
Volié la anca y le grité:
—«Dejá de cantar... chicharra.»
Y de un tajo a la guitarra
tuitas las cuerdas corté.

1975   Al punto salió de adentro
un gringo con un jusil;
pero nunca he sido vil,
poco el peligro me espanta:
ya me refalé la manta
1980   y la eché sobre el candil.

Gané en seguida la puerta
gritando: —«Naides me ataje.»
Y alborotao el hembraje
lo que todo quedó escuro,
1985   empezó a verse en apuro
mesturao con el gauchage.

El primero que salió
fue el cantor, y se me vino;
pero yo no pierdo el tino
1990   aunque haiga tomao un trago,
y hay algunos por mi pago
que me tienen por ladino.

No ha de haber achocao otro;
le salió cara la broma.
1995 A su amigo, cuando toma,
se le despeja el sentido,
y el pobrecito había sido
como carne de paloma.

  Para prestar sus socorros
2000 las mujeres no son lerdas:
antes que la sangre pierda
lo arrimaron a unas pipas.
Ay lo dejé con las tripas
como pa que hiciera cuerdas.

2005 Monté y me largué a los campos
más libre que el pensamiento,
como las nubes al viento,
a vivir sin paradero;
que no tiene el que es matrero
2010 nido, ni rancho, ni asiento.

  No hay fuerza contra el destino
que le ha señalao el cielo,
y aunque no tenga consuelo,
aguante el que está en trabajo:
2015 ¡Nadies se rasca pa abajo
ni se lonjea contra el pelo!

  Con el gaucho desgraciao
no hay uno que no se entone.
La menor falta lo espone
2020 a andar con los avestruces.
Faltan otros con más luces
y siempre hay quien los perdone.

XII

Yo no sé qué tantos meses
esta vida me duró;
2025   a veces nos obligó
la miseria a comer potro:
me había acompañao con otros
tan desgraciaos como yo.

Mas ¿para qué platicar
2030   sobre esos males, canejo?
Nace el gaucho y se hace viejo
sin que mejore su suerte,
hasta que por ay la muerte
sale a cobrarle el pellejo.

2035   Pero como no hay desgracia
que no acabe alguna vez,
me aconteció que después
de sufrir tanto rigor,
un amigo, por favor,
2040   me compuso con el juez.

Le alvertiré que en mi pago
ya no va quedando un criollo;
se los ha tragao el oyo,
o juido, o muerto en la guerra,
2045   porque, amigo, en esta tierra
nunca se acaba el embrollo.

Colijo que jue para eso
que me llamó el juez un día
y me dijo que quería
2050   hacerme a su lao venir,
pa que dentrase a servir
de soldao de polecía.

Y me largó una ploclama
tratándome de valiente,
2055 que yo era un hombre decente
y que dende aquel momento
me nombraba de sargento
pa que mandara la gente.

Ansí estuve en la partida,
2060 pero ¿qué había de mandar?
Anoche al irlo a tomar
vida güena coyontura,
y a mí no me gusta andar
con la lata a la cintura.

… … …
… … …
… … …

2065 Ya conoce, pues, quién soy;
tenga confianza conmigo:
Cruz le dio mano de amigo
y no lo ha de abandonar;
juntos podemos buscar
2070 pa los dos un mesmo abrigo.

Andaremos de matreros
si es preciso pa salvar.
Nunca nos ha de faltar
ni un güen pingo pa juir,
2075 ni un pajal ande dormir,
ni un matambre que ensartar.

Y cuando sin trapo alguno
nos haiga el tiempo dejao,
yo le pediré emprestao
2080 el cuero a cualquiera lobo,
y hago un poncho, si lo sobo,
mejor que poncho engomao.

Para mí la cola es pecho
y el espinaso es cadera;
2085   hago mi nido ande quiera
y de lo que encuentre como;
me echo tierra sobre el lomo
y me apeo en cualquier tranquera.

Y dejo rodar la bola,
2090   que algún día ha de parar.
Tiene el gaucho que aguantar
hasta que lo trague el oyo
o hasta que venga algún criollo
en esta tierra a mandar.

2095   Lo miran al pobre gaucho
como carne de cogote;
lo tratan al estricote,
y si ansí las cosas andan
porque quieren los que mandan,
2100   aguantemos los azotes.

¡Pucha, si usté los oyera
como yo en una ocasión
tuita la conversación
que con otro tuvo el juez!
2105   Le asiguro que esa vez
se me achicó el corazón.

Hablaban de hacerse ricos
con campos en la frontera;
de sacarla más ajuera
2110   donde había campos baldidos
y llevar de los partidos
gente que la defendiera.

Todo se güelven proyetos
de colonias y carriles,

2115 y tirar la plata a miles
en los gringos enganchaos,
mientras al pobre soldao
le pelan la chaucha, ¡ah, viles!

Pero si siguen las cosas
2120 como van hasta el presente,
puede ser que redepente
veamos el campo disierto
y blanquiando solamente
los güesos de los que han muerto.

2125 Hace mucho que sufrimos
la suerte reculativa.
Trabaja el gaucho y no arriba,
pues a lo mejor del caso
lo levantan de un sogaso
2130 sin dejarle ni saliva.

De los males que sufrimos
hablan mucho los puebleros;
pero hacen como los teros
para esconder sus niditos:
2135 en un lao pegan los gritos
y en otro tienen los güevos.

Y se hacen los que no aciertan
a dar con la coyontura:
mientras al gaucho lo apura
2140 con rigor la autoridá,
ellos a la enfermedá
le están errando la cura.

XIII

MARTÍN FIERRO

Ya veo que somos los dos
astillas del mesmo palo:
2145   yo paso por gaucho malo
y usté anda del mesmo modo,
y yo, pa acabarlo todo,
a los indios me refalo.

Pido perdón a mi Dios,
2150   que tantos bienes me hizo;
pero dende que es preciso
que viva entre los infieles
yo seré cruel con los crueles:
ansí mi suerte lo quiso.

2155   Dios formó lindas las flores,
delicadas como son;
les dio toda perfección
y cuanto él era capaz;
pero al hombre le dio más
2160   cuando le dio el corazón.

Le dio claridá a la luz,
juerza en su carrera al viento,
le dio vida y movimiento
dende la águila al gusano;
2165   pero más le dio al cristiano
al darle el entendimiento.

Y aunque a las aves les dio,
con otras cosas que inoro,
esos piquitos como oro
2170   y un plumaje como tabla,

le dio al hombre más tesoro
al darle una lengua que habla.

    Y dende que dio a las fieras
esa juria tan inmensa,
2175   que no hay poder que las vensa
ni nada que las asombre,
¿qué menos le daría al hombre
que el valor pa su defensa?

    Pero tantos bienes juntos
2180   al darle, malicio yo
que en sus adentros pensó
que el hombre los precisaba,
pues los bienes igualaba
con las penas que le dio.

2185   Y yo, empujao por las mías,
quiero salir de este infierno.
Ya no soy pichón muy tierno
y sé manejar la lanza
y hasta los indios no alcanza
2190   la facultá del gobierno.

    Yo sé que allá los caciques
amparan a los cristianos
y que los tratan de «hermanos»
cuando se van por su gusto.
2195   ¿A qué andar pasando susto?
Alcemos el poncho y vamos.

    En la cruzada hay peligros,
pero ni aun esto me aterra:
yo ruedo sobre la tierra
2200   arrastrao por mi destino
y si erramos el camino...
no es el primero que lo erra.

Si hemos de salvar o no,
de esto naides nos responde;
2205 derecho ande el sol se esconde
tierra adentro hay que tirar;
algún día hemos de llegar,
después sabremos adónde.

No hemos de perder el rumbo,
2210 los dos somos güena yunta.
El que es gaucho va ande apunta,
aunque inore ande se encuentra.
Pa el lao en que el sol se dentra
dueblan los pastos la punta.

2215 De hambre no pereceremos,
pues, según otros me han dicho,
en los campos se hallan vichos
de lo que uno necesita...
gamas, matacos, mulitas,
2220 avestruces y quirquinchos.

Cuando se anda en el desierto,
se come uno hasta las colas;
lo han cruzao mugeres solas,
llegando al fin con salú,
2225 y a de ser gaucho el ñandú
que se escape de mis bolas.

Tampoco a la sé le temo,
yo la aguanto muy contento:
busco agua olfatiando el viento,
2230 y dende que no soy manco,
ande hay duraznillo blanco
cabo y la saco al momento.

Allá habrá siguridá,
ya que aquí no la tenemos;

2235   menos males pasaremos
y ha de haber grande alegría
el día que nos descolguemos
en alguna toldería.

     Fabricaremos un toldo,
2240   como lo hacen tantos otros,
con unos cueros de potro,
que sea sala y sea cocina.
¡Tal vez no falte una china
que se apiade de nosotros!

2245   Allá no hay que trabajar,
vive uno como un señor.
De cuando en cuando, un malón,
y si de él sale con vida,
lo pasa echao panza arriba
2250   mirando dar güelta el sol.

     Y ya que a juerza de golpes
la suerte nos dejó aflús,
puede que allá veamos luz
y se acaben nuestras penas:
2255   todas las tierras son güenas,
vámosnos, amigo Cruz.

     El que maneja las bolas,
y que sabe echar un pial
y sentársele a un bagual
2260   sin miedo de que lo baje,
entre los mesmos salvajes
no puede pasarlo mal.

     El amor, como la guerra,
lo hace el criollo con canciones.
2265   A más de eso, en los malones
podemos aviarnos de algo.

En fin, amigo, yo salgo
de estas pelegrinaciones.

… … …
… … …
… … …

En este punto el cantor
2270 buscó un porrón pa consuelo,
echó un trago como un cielo,
dando fin a su argumento,
y de un golpe al istrumento
lo hizo astillas contra el suelo.

2275 —«Ruempo —dijo— la guitarra,
pa no volverme a tentar;
ninguno la ha de tocar,
por siguro tenganló,
pues naides ha de cantar
2280 cuando este gaucho cantó.

Y daré fin a mis coplas
con aire de relación.
Nunca falta un preguntón
más curioso que mujer,
2285 y tal vez quiera saber
cómo fue la conclusión.

Cruz y Fierro, de una estancia
una tropilla se arriaron;
por delante se la echaron,
2290 como criollos entendidos,
y pronto sin ser sentidos
por la frontera cruzaron.

Y cuando la habían pasao,
una madrugada clara,

2295   le dijo Cruz que mirara
las últimas poblaciones,
y a Fierro dos lagrimones
le rodaron por la cara.

      Y siguiendo el fiel del rumbo
2300   se entraron en el desierto.
No sé si los habrán muerto
en alguna correría,
pero espero que algún día
sabré de ellos algo cierto.

2305   Y ya con estas noticias
mi relación acabé.
Por ser ciertas las conté
todas las desgracias dichas:
es un telar de desdichas
2310   cada gaucho que usté ve.

      Pero ponga su esperanza
en el Dios que lo formó;
y aquí me despido yo,
que he relatao a mi modo
2315   males que conocen todos,
pero que naides contó.

LA VUELTA DE
MARTÍN FIERRO

CUATRO PALABRAS DE CONVERSACIÓN
CON LOS LECTORES

Entrego a la benevolencia pública, con el título *La vuelta de Martín Fierro*, la segunda parte de una obra que ha tenido una acogida tan generosa, que en seis años se han repetido once ediciones, con un total de cuarenta y ocho mil ejemplares.

Esto no es vanidad de autor, porque no rindo tributo a esa falsa diosa; ni bombo de editor, porque no lo he sido nunca de mis humildes producciones.

Es un recuerdo oportuno y necesario para explicar por qué el primer tiraje del presente libro consta de veinte mil ejemplares, divididos en cinco secciones o ediciones de a cuatro mil números cada una, y agregaré que confío en que el acreditado Establecimiento Tipográfico del señor Coni hará una impresión esmerada, como la tienen todos los libros que salen de sus talleres.

En cuanto a su parte literaria, sólo diré que no se debe perder de vista al juzgar los defectos del libro que es copia fiel de una original que los tiene, y repetiré que muchos defectos están allí con el objeto de hacer más evidente y clara la imitación de los que lo son en realidad.

Un libro destinado a despertar la inteligencia y el amor a la lectura en una población casi primitiva, a servir de provechoso recreo, después de las fatigosas tareas, a millares de personas que jamás han leído, debe ajustarse estrictamente a los usos y costumbres de esos mismos lectores, rendir sus ideas e interpretar sus sentimientos en su mismo lenguaje, en sus frases más usuales, en su forma más general, aunque sea incorrecta; con sus imágenes de mayor relieve y con sus giros más característicos, a fin de que el libro se identifique con ellos de una manera tan estrecha e íntima, que su lectura no sea sino una continuación natural de su existencia.

Sólo así pasan sin violencia del trabajo al libro, y sólo así esa lectura puede serles amena, interesante y útil.

¡Ojalá hubiera un libro que gozara del dichoso privilegio de circular incesantemente de mano en mano en esta inmensa población diseminada en nuestras vastas campañas, y que bajo una forma que lo hiciera agradable, que asegurara su popularidad, sirviera de ameno pasatiempo a sus lectores!, pero:

Enseñando que el trabajo honrado es la fuente principal de toda mejora y bienestar.

Enalteciendo las virtudes morales que nacen de la ley natural y que sirven de base a todas las virtudes sociales.

Inculcando en los hombres el sentimiento de veneración hacia su Creador, inclinándolos a obrar bien.

Afeando las supersticiones ridículas y generalizadas que nacen de una deplorable ignorancia.

Tendiendo a regularizar y dulcificar las costumbres, enseñando por medios hábilmente escondidos la moderación y el aprecio de sí mismo, el respeto a los demás, estimulando la fortaleza por el espectáculo del infortunio acerbo, aconsejando la perseverancia en el bien y la resignación en los trabajos.

Recordando a los padres los deberes que la naturaleza les impone para con sus hijos, poniendo ante sus ojos los males que produce su olvido, induciéndolos por ese medio a que mediten y calculen por sí mismos todos los beneficios de su cumplimiento .

Enseñando a los hijos cómo deben respetar y honrar a los autores de sus días.

Fomentando en el esposo el amor a su esposa, recordando a ésta los santos deberes de su estado; encareciendo la felicidad del hogar, enseñando a todos a tratarse con respeto recíproco, robusteciendo por todos estos medios los vínculos de la familia y de la sociabilidad.

Afirmando en los ciudadanos el amor a la libertad, sin apartarse del respeto que es debido a los superiores y magistrados.

Enseñando a hombres con escasas nociones morales que deben ser humanos y clementes, caritativos con el huérfano y con el desvalido, fieles a la amistad, gratos a los favores recibidos, enemigos de la holgazanería y del vicio, conformes con los cambios de fortuna, amantes de la libertad, tolerantes, justos y prudentes siempre.

Un libro que todo esto, más que esto o parte de esto enseñara sin decirlo, sin revelar su pretensióin, sin dejarla conocer siquiera, sería indudablemente un buen libro, y por cierto que levantaría el nivel moral e intelectual de sus lectores, aunque dijera *naides* por *nadie*, *resertor* por *desertor*, *mesmo* por *mismo* u otros barbarismos semejantes, cuya enmienda le está reservada a la escuela, llamada a llenar un vacío que el poema debe respetar, y a corregir vicios y defectos de fraseología, que son también elementos de que se debe apoderar el arte para combatir y extirpar males morales más fundamentales y trascendentes, examinándolos bajo el punto de vista de una filosofía más elevada y pura.

El progreso de la locución no es la base del progreso social, y un libro que se propusiera tan elevados fines debería prescindir por completo de las delicadas formas de la cultura de la frase, subordinándose a las imperiosas exigencias de sus propósitos moralizadores, que serían en tal caso el éxito buscado.

Los personajes colocados en escena deberían hablar en su lenguaje peculiar y propio, con su originalidad, su gracia y sus defectos naturales, porque, despojados de ese ropaje, lo serían igualmente de su carácter típico, que es lo único que los hace simpáticos, conservando la imitación y la verosimilitud en el fondo y en la forma.

Entra también en esta parte la elección del prisma a través del cual le es perrnitido a cada uno estudiar sus tiempos. Y aceptando esos defectos como un elemento, se idealiza también, se piensa, se inclina a los demás a que piensen igualmente, y se agrupan, se preparan y conservan pequeños monumentos de arte para los que han de estudiarnos mañana y levantar el grande monumento de la historia de nuestra civilización.

El gaucho no conoce ni siquiera los elementos de su propio idioma, y sería una impropiedad, cuando menos, y una falta de verdad muy censurable, que quien no ha abierto jamás un libro siga la reglas de arte de Blair, Hermosilla o la Academia.

El gaucho no aprende a cantar. Su único maestro es la espléndida naturaleza que en variados y majestuosos panoramas se extiende delante de sus ojos.

Canta porque hay en él cierto impulso moral, algo de métrico, de rítmico, que domina en su organizacion, y que lo lleva hasta el extraordinario extremo de que todos sus refranes, sus dichos agudos, sus proverbios comunes son expresados en dos versos octosílabos perfectamente medidos, acentuados con inflexible regularidad, llenos de armonía, de sentimiento y de profunda intención.

Eso mismo hace muy difícil, si no de todo punto imposible, distinguir y separar cuáles son los pensamientos originales del autor y cuáles los que son recogidos de las fuentes populares.

No tengo noticia que exista ni que haya existido una raza de hombre aproximado a la naturaleza, cuya sabiduría proverbial llene todas las condiciones rítmicas de nuestros proverbios gauchos.

Qué singular es, y qué digno de observación, el oír a nuestros paisanos más incultos expresar en dos versos claros y sencillos máximas y pensamientos morales que las naciones más antiguas, la India y Persia, conservaban como un tesoro inestimable de su sabiduría proverbial; que los griegos escuchaban con veneración en boca de sus sabios más profundos, de Sócrates, fundador de la moral, de Platón y de Aristóteles; que entre los latinos difundió gloriosamente el afamado Séneca; que los hombres del Norte les dieron lugar preferente en su robusta y enérgica literatura; que la civilización moderna repite por medio de sus moralistas más esclarecidos, y que se hallan consagrados fundamentalmente en los códigos religiosos de todos los grandes reformadores de la humanidad.

Indudablemente que hay cierta semejanza íntima, cierta identidad misteriosa entre todas las razas del globo que sólo estudian en el gran libro de la naturaleza, pues que de él deducen y vienen deduciendo desde hace más de tres mil años la misma enseñanza, las mismas virtudes naturales, expresadas en prosa por todos los hombres del globo, y en verso por los gauchos que habitan las vastas y fértiles comarcas que se extienden a las dos márgenes del Plata.

El corazón humano y la moral son los mismos en todos los siglos.

Las civilizaciones difieren esencialmente. «Jamás se hará —dice el doctor V. F. López en su prólogo a *Las neurosis*— un profesor o un catedrático europeo de un bracma.» Así debe ser: pero no ofrecería la misma dificultad el hacer de un gaucho un bracma lleno de sabiduría, si es que los bracmas hacen consistir toda su ciencia en su sabiduría proverbial, según los pinta el sabio conservador de la Biblioteca Nacional de París en *La sabiduría popular de las naciones*, que difundió en el Nuevo Mundo el americano Pazos Kanki.

Saturados de ese espíritu gaucho hay entre nosotros algunos poetas de formas muy cultas y correctas, y no ha de escasear el género porque es una producción legítima y espontánea del país, y que en verdad no se manifiesta únicamente en el terreno florido de la literatura.

Concluyo aquí, dejando a la consideración de los benévolos lectores lo que yo no puedo decir sin extender demasiado este prefacio, poco necesario en las humildes coplas de un hijo del desierto.

¡Sea el público indulgente con él! y acepte esta humilde producción que le dedicamos como que es nuestro mejor y más antiguo amigo.

La originalidad de un libro debe empezar en el prólogo.

Nadie se sorprenda, por tanto, ni de la forma ni de los objetos que éste abraza. Y debemos terminarlo haciendo público nuestro agradecimiento hacia los distinguidos escritores que acaban de honrarnos con su fallo, como el señor don José Tomás Guido, en una bellísima carta que acogieron deferentes *La Tribuna* y *La Prensa*, y que reprodujeron en sus columnas varios periódicos de la República; el doctor don Adolfo Saldias, en un meditado trabajo sobre el tipo histórico y social del gaucho; el doctor don Miguel Navarro Viola, en la última entrega de la *Biblioteca Popular*, estimulándonos con honrosos términos a continuar en la tarea empezada.

Diversos periódicos de la ciudad y campaña, como *El Heraldo*, del Azul; *La Patria*, de Dolores; *El Oeste*, de Mercedes, y otros, han adquirido también justos títulos a nuestra gratitud, que consideramos como una deuda sagrada.

Terminamos esta breve reseña con *La Capital*, del Rosario, que ha anunciado *La vuelta de Martín Fierro* haciendo concebir esperanzas que Dios sabe si van a ser satisfechas.

Ciérrase este prólogo diciendo que se llama este libro *La vuelta de Martín Fierro* porque ese título le dio el público antes, mucho antes de haber pensado yo en escribirlo; y allá va a correr tierras con mi bendición paternal.

José Hernández

I

MARTÍN FIERRO

1   Atención pido al silencio
y silencio a la atención,
que voy en esta ocasión,
si me ayuda la memoria,
5   a mostrarles que a mi historia
le faltaba lo mejor.

     Viene uno como dormido
cuando vuelve del desierto;
veré si a esplicarme acierto
10   entre gente tan bizarra
y si al sentir la guitarra
de mi sueño me dispierto.

     Siento que mi pecho tiembla,
que se turba mi razón,
15   y de la vigüela al son
imploro a la alma de un sabio
que venga a mover mi labio
y alentar mi corazón.

     Si no llego a treinta y una,
20   de fijo en treinta me planto;
y esta confianza adelanto
porque recebí en mí mismo
con el agua del bautismo
la facultá para el canto.

25   Tanto el pobre como el rico

la razón me la han de dar;
y si llegan a escuchar
lo que esplicaré a mi modo,
digo que no han de reír todos,
30   algunos han de llorar.

Mucho tiene que contar
el que tuvo que sufrir,
y empezaré por pedir
no duden de cuanto digo;
35   pues debe crerse al testigo
si no pagan por mentir.

Gracias le doy a la Virgen,
gracias le doy al Señor
porque entre tanto rigor,
40   y habiendo perdido tanto,
no perdí mi amor al canto
ni mi voz como cantor.

Que cante todo viviente
otorgó el Eterno Padre;
45   cante todo el que le cuadre
como lo hacemos los dos,
pues sólo no tiene voz
el ser que no tiene sangre.

Canta el pueblero... y es pueta;
50   canta el gaucho... y ¡ay Jesús!
lo miran como avestruz,
su inorancia los asombra;
mas siempre sirven las sombras
para distinguir la luz.

55   El campo es del inorante;
el pueblo, del hombre estruido;
yo que en el campo he nacido,

digo que mis cantos son,
para los unos..., sonidos,
60 y para otros..., intención.

      Yo he conocido cantores
que era un gusto el escuchar;
mas no quieren opinar
y se divierten cantando;
65 pero yo canto opinando,
que es mi modo de cantar.

      El que va por esta senda,
cuanto sabe desembucha,
y aunque mi cencia no es mucha
70 esto en mi favor previene:
yo sé el corazón que tiene
el que con gusto me escucha.

      Lo que pinta este pincel,
ni el tiempo lo ha de borrar;
75 ninguno se ha de animar
a corregirme la plana;
no pinta quien tiene gana,
sino quien sabe pintar.

      Y no piensen los oyentes
80 que del saber hago alarde:
he conocido, aunque tarde,
sin haberme arrepentido,
que es pecado cometido
el decir ciertas verdades.

85   Pero voy en mi camino
y nada me ladiará;
he de decir la verdá,
de naides soy adulón;
aquí no hay imitación,

90   ésta es pura realidá.

    Y el que me quiera enmendar,
mucho tiene que saber;
tiene mucho que aprender
el que me sepa escuchar;
95   tiene mucho que rumiar
el que me quiera entender.

    Más que yo y cuantos me oigan,
más que las cosas que tratan,
más que lo que ellos relatan,
100 mis cantos han de durar.
Mucho ha habido que mascar
para echar esta bravata.

    Brotan quejas de mi pecho,
brota un lamento sentido;
105 y es tanto lo que he sufrido
y males de tal tamaño,
que reto a todos los años
a que traigan el olvido.

    Ya verán si me dispierto
110 cómo se compone el baile;
y no se sorprenda naides
si mayor fuego me anima;
porque quiero alzar la prima
como pa tocar al aire.

115   Y con la cuerda tirante,
dende que ese tono elija,
yo no he de aflojar manija
mientras que la voz no pierda,
si no se corta la cuerda
120 o no cede la clavija.

130

Aunque rompí el estrumento
por no volverme a tentar,
tengo tanto que contar
y cosas de tal calibre,
125   que Dios quiera que se libre
el que me enseñó a templar.

De naides sigo el ejemplo,
naide a dirigirme viene;
yo digo cuanto conviene,
130   y el que en tal güeya se planta,
debe cantar, cuando canta,
con toda la voz que tiene.

He visto rodar la bola
y no se quiere parar;
135   al fin de tanto rodar
me he decidido a venir
a ver si puedo vivir
y me dejan trabajar.

Sé dirigir la mansera
140   y también echar un pial;
sé correr en un rodeo,
trabajar en un corral;
me sé sentar en un pértigo
lo mesmo que en un bagual.

145   Y empriéstenme su atención
si ansí me quieren honrar;
de no, tendré que callar,
pues el pájaro cantor
jamás se para a cantar
150   en árbol que no da flor.

Hay trapitos que golpiar,
y de aquí no me levanto;

escúchenme cuando canto
si quieren que desembuche.
155 Tengo que decirles tanto
que les mando que me escuchen.

Déjenme tomar un trago.
Éstas son otras cuarenta;
mi garganta está sedienta
160 y de esto no me abochorno,
pues el viejo, como el horno,
por la boca se calienta.

II

Triste suena mi guitarra,
y el asunto lo requiere.
165 Ninguno alegrías espere,
sino sentidos lamentos
de aquel que en duros tormentos
nace, crece, vive y muere.

Es triste dejar sus pagos
170 y largarse a tierra agena
llevándose la alma llena
de tormentos y dolores;
mas nos llevan los rigores
como el pampero a la arena.

175 ¡Irse a cruzar el desierto
lo mesmo que un foragido,
dejando aquí en el olvido,
como dejamos nosotros,
su mujer en brazos de otro
180 y sus hijitos perdidos!

¡Cuántas veces al cruzar

en esa inmensa llanura,
al verse en tal desventura
y tan lejos de los suyos,
185   se tira uno entre los yuyos
a llorar con amargura!

En la orilla de un arroyo
solitario lo pasaba,
en mil cosas cavilaba,
190   y a una güelta repentina
se me hacía ver a mi china
o escuchar que me llamaba.

Y las aguas serenitas
bebe el pingo trago a trago,
195   mientras sin ningún halago
pasa uno hasta sin comer,
por pensar en su mujer,
en sus hijos y en su pago.

Recordarán que con Cruz
200   para el desierto tiramos;
en la Pampa nos entramos,
cayendo por fin del viaje
a unos toldos de salvajes,
los primeros que encontramos.

205   La desgracia nos seguía.
Llegamos en mal momento:
estaban en parlamento
tratando de una invasión
y el indio en tal ocasión
210   recela hasta de su aliento.

Se armó un tremendo alboroto
cuando nos vieron llegar;
no podíamos aplacar

tan peligroso hervidero;
215 nos tomaron por bomberos
y nos quisieron lanciar.

Nos quitaron los caballos
a los muy pocos minutos;
estaban irresolutos
220 quién sabe qué pretendían;
por los ojos nos metían
las lanzas aquellos brutos.

Y dele en su lengüeteo
hacer gestos y cabriolas;
225 uno desató las bolas
y se nos vino en seguida:
ya no creíamos con vida
salvar ni por carambola.

Allá no hay misericordia
230 ni esperanza que tener:
el indio es de parecer
que siempre matarse debe,
pues la sangre que no bebe
le gusta verla correr.

235 Cruz se dispuso a morir
peliando y me convidó;
—«aguantemos —dije yo—
el fuego hasta que nos queme.»
Menos los peligros teme
240 quien más veces los venció.

Se debe ser más prudente
cuanto el peligro es mayor;
siempre se salva mejor
andando con alvertencia,
245 porque no está la prudencia

reñida con el valor.

Vino al fin el lenguaraz,
como a trairnos el perdón.
Nos dijo: —«La salvación
250   se la deben a un cacique;
me manda que les esplique
que se trata de un malón.»

Les ha dicho a los demás
que ustedes queden cautivos,
255   por si cain algunos vivos
en poder de los cristianos
rescatar a sus hermanos
con estos dos fugitivos.

Volvieron al parlamento
260   a tratar de sus alianzas,
o tal vez de las matanzas;
y conforme les detallo,
hicieron cerco a caballo
recostándose en las lanzas.

265   Dentra al cerco un indio viejo
y allí a lengüetiar se larga.
Quién sabe qué les encarga,
pero toda la riunión
lo escuchó con atención
270   lo menos tres horas largas.

Pegó al fin tres alaridos,
y ya principia otra danza;
para mostrar su pujanza
y dar pruebas de ginete,
275   dio riendas rayando el flete
y revoliando la lanza.

Recorre luego la fila,
frente a cada indio se para,
lo amenaza cara a cara,
280 y en su juria aquel maldito
acompaña con su grito
el cimbrar de la tacuara.

Se vuelve aquello un incendio
más feo que la mesma guerra;
285 entre una nube de tierra
se hizo allí una mescolanza
de potros, indios y lanzas,
con alaridos que aterran.

Parece un baile de fieras,
290 sigún yo me lo imagino.
Era inmenso el remolino,
las voces aterradoras,
hasta que al fin de dos horas
se aplacó aquel torbellino.

295 De noche formaban cerco
y en el centro nos ponían;
para mostrar que querían
quitarnos toda esperanza
ocho o diez filas de lanzas
300 alrededor nos hacían.

Allí estaban vigilantes
cuidándonos a porfía;
cuando roncar parecían
«Huaincá», gritaba cualquiera,
305 y toda la fila entera
«Huaincá», «Huaincá», repetía.

Pero el indio es dormilón
y tiene un sueño projundo;

es roncador sin segundo
310   y en tal confianza es su vida
que ronca a pata tendida
aunque se dé güelta el mundo.

    Nos aviriguaban todo,
como aquel que se previene,
315   porque siempre les conviene
saber las juerzas que andan,
dónde están, quiénes las mandan,
qué caballos y armas tienen.

    A cada respuesta nuestra
320   uno hace una esclamación,
y luego en continuación,
aquellos indios feroces,
cientos y cientos de voces
repiten al mesmo son.

325   Y aquella voz de uno solo,
que empieza por un gruñido,
llega hasta ser alarido
de toda la muchedumbre,
y ansí alquieren la costumbre
330   de pegar esos bramidos.

III

    De ese modo nos hallamos
empeñaos en la partida.
No hay que darla por perdida
por dura que sea la suerte,
335   ni que pensar en la muerte
sino en soportar la vida.

    Se endurece el corazón,

no teme peligro alguno.
Por encontrarlo oportuno
340 allí juramos los dos
respetar tan sólo a Dios;
de Dios abajo a ninguno.

El mal es árbol que crece
y que cortado retoña
345 la gente esperta o visoña
sufre de infinitos modos;
la tierra es madre de todos,
pero también da ponzoña.

Mas todo varón prudente
350 sufre tranquilo sus males.
Yo siempre los hallo iguales
en cualquier senda que elijo:
la desgracia tiene hijos
aunque ella no tiene madre.

355 Y al que le toca la herencia,
dondequiera halla su ruina.
Lo que la suerte destina
no puede el hombre evitar
porque el cardo ha de pinchar
360 es que nace con espina

Es el destino del pobre
un continuo safarrancho,
y pasa como el carancho,
porque el mal nunca se sacia
365 si el viento de la desgracia
vuela las pajas del rancho.

Mas quien manda los pesares
manda también el consuelo;
la luz que baja del cielo

370   alumbra al más encumbrao,
      y hasta el pelo más delgao
      hace su sombra en el suelo.

      Pero por más que uno sufra
      un rigor que lo atormente,
375   no debe bajar la frente
      nunca por ningún motivo;
      el álamo es más altivo
      y gime constantemente.

      … … …
      … … …
      … … …

      El indio pasa la vida
380   robando o echao de panza.
      La única ley es la lanza
      a que se ha de someter.
      Lo que le falta en saber
      lo suple con desconfianza.

385   Fuera cosa de engarzarlo
      a un indio caritativo.
      Es duro con el cautivo,
      le dan un trato horroroso;
      es astuto y receloso,
390   es audaz v vengativo.

      No hay que pedirle favor
      ni que aguardar tolerancia.
      Movidos por su inorancia
      y de puro desconfiaos,
395   nos pusieron separaos
      bajo sutil vigilancia.

      No puede tener con Cruz
      ninguna conversación;

no nos daban ocasión.
400   Nos trataban como agenos.
Como dos años lo menos
duró esta separación

    Relatar nuestras penurias
fuera alargar el asunto.
405   Les diré sobre este punto
que a los dos años recién
nos hizo el cacique el bien
de dejarnos vivir juntos.

    Nos retiramos con Cruz
410   a la orilla de un pajal.
Por no pasarlo tan mal
en el desierto infinito,
hicimos como un bendito
con dos cueros de bagual.

415   Fuimos a esconder allí
nuestra pobre situación,
aliviando con la unión
aquel duro cautiverio;
tristes como un cementerio
420   al toque de la oración.

    Debe el hombre ser valiente
si a rodar se determina;
primero, cuando camina;
segundo, cuando descansa,
425   pues en aquellas andanzas
perece el que se acoquina.

    Cuando es manso el ternerito,
en cualquier vaca se priende.
El que es gaucho esto lo entiende
430   y ha de entender si le digo

que andábamos con mi amigo
como pan que no se vende.

Guarecidos en el toldo
charlábamos mano a mano;
435 éramos dos veteranos
mansos pa las sabandijas,
arrumbaos como cubijas
cuando calienta el verano.

El alimento no abunda
440 por más empeño que se haga;
lo pasa uno como plaga,
ejercitando la industria,
y siempre como la nutria,
viviendo a orillas del agua.

445 En semejante ejercicio
se hace diestro el cazador;
cai el piche engordador,
cai el pájaro que trina:
todo vicho que camina
450 va a parar al asador.

Pues allí a los cuatro vientos
la persecución se lleva;
naide escapa de la leva,
y dende que la alba asoma
455 ya recorre uno la loma,
el bajo, el nido y la cueva.

El que vive de la caza
a cualquier vicho se atreve
que pluma o cáscara lleve,
460 pues cuando la hambre se siente
el hombre le clava el diente
a todo lo que se mueve.

En las sagradas alturas
está el maestro principal
465 que enseña a cada animal
a procurarse el sustento
y le brinda el alimento
a todo ser racional.

Y aves y vichos y pejes
470 se mantienen de mil modos;
pero el hombre, en su acomodo,
es curioso de oservar:
es el que sabe llorar
y es el que los come a todos.

IV

475 Antes de aclarar el día
empieza el indio a aturdir
la pampa con su rugir,
y en alguna madrugada
sin que sintiéramos nada
480 se largaban a invadir.

Primero entierran las prendas
en cuevas como peludos;
y aquellos indios cerdudos,
siempre llenos de recelos,
485 en los caballos en pelos
se vienen medio desnudos.

Para pegar el malón
el mejor flete procuran,
y como es su arma segura,
490 vienen con la lanza sola
y varios pares de bolas
atados a la cintura.

De ese modo anda liviano,

no fatiga al mancarrón;
495   es su espuela en el malón
después de bien afilao,
un cuernito de venao
que se amarra en el garrón.

El indio que tiene un pingo
500   que se llega a distinguir,
lo cuida hasta pa dormir;
de ese cuidado es esclavo;
se lo alquila a otro indio bravo
cuando vienen a invadir.

505   Por vigilarlo no come,
y ni aun el sueño concilia.
Sólo en eso no hay desidia.
De noche, les asiguro,
para tenerlo seguro
510   le hace cerco la familia

Por eso habrán visto ustedes,
si en el caso se han hallao,
y si no lo han oservao
ténganlo dende hoy presente,
515   que todo pampa valiente
anda siempre bien montao.

Marcha el indio a trote largo,
paso que rinde y que dura;
viene en dirección sigura
520   y jamás a su capricho.
No se les escapa vicho
en la noche más escura.

Caminan entre tinieblas
con un cerco bien formao;
525   lo estrechan con gran cuidao

y agarran al aclarar
ñanduces, gamas, venaos,
cuanto ha podido dentrar.

530   Su señal es un humito
que se eleva muy arriba,
y no hay quien no lo aperciba
con esa vista que tienen;
de todas partes se vienen
a engrosar la comitiva.

535   Ansina se van juntando,
hasta hacer esas riuniones
que cain en las invasiones
en número tan crecido.
Para formarla han salido
540 de los últimos rincones.

    Es guerra cruel la del indio
porque viene como fiera;
atropella dondequiera
y de asolar no se cansa.
545 De su pingo y de su lanza
toda salvación espera.

    Debe atarse bien la faja
quien aguardarlo se atreva;
siempre mala intención lleva.
550 Y como tiene alma grande,
no hay plegaria que lo ablande
ni dolor que lo conmueva.

    Odia de muerte al cristiano,
hace guerra sin cuartel;
555 para matar es sin yel,
es fiero de condición.
No golpea la compasión

en el pecho del infiel.

Tiene la vista del águila,
560 del león la temeridá.
En el desierto no habrá
animal que él no lo entienda,
ni fiera de que no aprienda
un istinto de crueldá.

565 Es tenaz en su barbarie,
no esperen verlo cambiar:
el deseo de mejorar
en su rudeza no cabe:
el bárbaro sólo sabe
570 emborracharse y peliar.

El indio nunca se ríe,
y el pretenderlo es en vano,
ni cuando festeja ufano
el triunfo en sus correrías.
575 La risa en sus alegrías
le pertenece al cristiano.

Se cruzan por el disierto
como un animal feroz;
dan cada alarido atroz
580 que hace erizar los cabellos.
Parece que a todos ellos
los ha maldecido Dios.

Todo el peso del trabajo
lo dejan a las mujeres:
585 el indio es indio y no quiere
apiar de su condición;
ha nacido indio ladrón
y como indio ladrón muere.

El que envenenen sus armas
590 les mandan sus hechiceras;
y como ni a Dios veneran,
nada a los pampas contiene.
Hasta los nombres que tienen
son de animales y fieras.

595 Y son ¡por Cristo bendito!
los más desasiaos del mundo.
Esos indios vagabundos,
con repunancia me acuerdo,
viven lo mesmo que el cerdo
600 en esos toldos inmundos.

Naides puede imaginar
una miseria mayor;
su pobreza causa horror.
No sabe aquel indio bruto
605 que la tierra no da fruto
si no la riega el sudor.

V

Aquel desierto se agita
cuando la invasión regresa,
llevan miles de cabezas
610 de vacuno y yeguarizo.
Pa no afligirse es preciso
tener bastante firmeza.

Aquello es un hervidero
de pampas —un celemín—;
615 cuando riunen el botín
juntando toda la hacienda
es cantidá tan tremenda
que no alcanza a verse el fin.

Vuelven las chinas cargadas
620   con las prendas en montón.
Aflige esa destrucción.
Acomodaos en cargueros
llevan negocios enteros
que han saquiado en la invasión.

625   Su pretensión es robar,
no quedar en el pantano.
Viene a tierra de cristianos
como furia del infierno,
no se llevan al gobierno
630   porque no lo hallan a mano.

Vuelven locos de contentos
cuando han venido a la fija.
Antes que ninguno elija
empiézan con todo empeño,
635   como dijo un santiagueño,
a hacerse la *repartija*.

Se reparten el botín
con igualdá, sin malicia.
No muestra el indio codicia,
640   ninguna falta comete:
sólo en esto se somete
a una regla de justicia.

Y cada cual con lo suyo
a sus toldos enderiesa.
645   Luego la matanza empieza,
tan sin razón ni motivo,
que no queda animal vivo
de esos miles de cabezas.

Y satisfecho el salvage
650   de que su oficio ha cumplido,

lo pasa por ay tendido
volviendo a su haraganiar;
y entra la china a cueriar
con un afán desmedido.

655   A veces a tierra adentro
algunas puntas se llevan;
pero hay pocos que se atrevan
a hacer esas incursiones,
porque otros indios ladrones
660   les suelen pelar la breva.

Pero pienso que los pampas
deben de ser los más rudos.
Aunque andan medio desnudos
ni su convenencia entienden:
665   por una vaca que venden
quinientas matan al ñudo.

Estas cosas y otras piores
las he visto muchos años;
pero si yo no me engaño
670   concluyó ese bandalage,
y esos bárbaros salvages
no podrán hacer más daño.

Las tribus están deshechas;
los caciques más altivos
675   están muertos o cautivos,
privaos de toda esperanza,
y de la chusma y de lanza
ya muy pocos quedan vivos.

Son salvajes por completo
680   hasta pa su diversión,
pues hacen una junción
que naides se la imagina.

Recién le toca a la china
el hacer su papelón,

685   Cuanto el hombre es más salvage
trata pior a la mujer.
Yo no sé que pueda haber
sin ella dicha ni goce.
¡Feliz el que la conoce
690   y logra hacerse querer!

     Todo el que entiende la vida
busca a su lao los placeres.
Justo es que las considere
el hombre de corazón.
695   Sólo los cobardes son
valientes con sus mujeres.

     Pa servir a un desgraciao
pronto la mujer está.
Cuando en su camino va
700   no hay peligro que la asuste;
ni hay una a quien no le guste
una obra de caridá.

     No se hallará una mujer
a la que esto no le cuadre.
705   Yo alabo al Eterno Padre
no porque las hizo bellas,
sino porque a todas ellas
les dio corazón de madre.

     Es piadosa y diligente
710   y sufrida en los trabajos.
Tal vez su valer rebajo
aunque la estimo bastante;
mas los indios inorantes
la tratan al estropajo.

715   Echan la alma trabajando
        bajo el más duro rigor;
        el marido es su señor;
        como tirano la manda,
        porque el indio no se ablanda
720   ni siquiera en el amor.

        No tiene cariño a naides
        ni sabe lo que es amar;
        ¡ni qué se puede esperar
        de aquellos pechos de bronce!,
725   yo los conocí al llegar
        y los calé dende entonces.

        Mientras tiene qué comer
        permanece sosegao.
        Yo, que en sus toldos he estao
730   y sus costumbres oservo,
        digo que es como aquel cuervo
        que no volvió del mandao.

        Es para él como juguete
        escupir un crucifijo.
735   Pienso que Dios los maldijo
        y ansina el ñudo desato.
        El indio, el cerdo y el gato
        redaman sangre del hijo.

        Mas ya con cuentos de pampas
740   no ocuparé su atención.
        Debo pedirles perdón,
        pues sin querer me distraje.
        Por hablar de los salvages
        me olvidé de la junción.

        ... ...
        ... ...
        ... ...

745   Hacen un cerco de lanzas,
los indios quedan ajuera;
dentra la china ligera
como yeguada en la trilla
y empieza allí la cuadrilla
750   a dar güeltas en la era.

     A un lao están los caciques,
capitanejos y el trompa,
tocando con toda pompa
como un toque de fagina;
755   adentro muere la china,
sin que aquel círculo rompa.

     Muchas veces se les oyen
a las pobres los quejidos;
mas son lamentos perdidos:
760   alrededor del cercao,
en el suelo, están mamaos
los indios, dando alaridos.

     Su canto es una palabra,
y de ay no salen jamás.
765   Llevan todas el compás,
«ioká-ioká» repitiendo;
me parece estarlas viendo
más fieras que Satanás.

     Al trote dentro del cerco,
770   sudando, hambrientas, juriosas,
desgreñadas y rotosas,
de sol a sol se lo llevan.
Bailan aunque truene o llueva,
cantando la mesma cosa.

VI

775   El tiempo sigue en su giro
y nosotros solitarios.
De los indios sanguinarios
no teníamos qué esperar.
El que nos salvó al llegar
780   era el más hospitalario.

Mostró noble corazón
cristiano anelaba ser.
La justicia es un deber,
y sus méritos no callo:
785   nos regaló unos caballos
y a veces nos vino a ver.

A la voluntá de Dios
ni con la intención resisto.
Él nos salvó... pero ¡ah, Cristo!,
790   muchas veces he deseado
no nos hubiera salvado
ni jamás haberlo visto.

Quien recibe beneficios
jamás los debe olvidar,
795   y al que tiene que rodar
en su vida trabajosa,
le pasan a veces cosas
que son duras de pelar.

Voy dentrando poco a poco
800   en lo triste del pasage.
Cuando es amargo el brebage
el corazón no se alegra.
Dentró una virgüela negra.
que los diezmó a los salvajes.

805   Al sentir tal mortandá,
los indios, desesperaos,
gritaban alborotaos:
«Cristiano echando gualicho.»
No quedó en los toldos vicho
810   que no salió redotao.

       Sus remedios son secretos;
los tienen las adivinas;
no los conocen las chinas,
sino alguna ya muy vieja,
815   y es que los aconseja,
con mil embustes, la indina.

       Allí soporta el paciente
las terribles curaciones,
pues a golpes y estrujones,
820   son los remedios aquellos.
Lo agarran de los cabellos
y le arrancan los mechones.

       Les hacen mil heregías
que el presenciarlas da horror,
825   brama el indio de dolor
por los tormentos que pasa,
y untándolo todo en grasa
lo ponen a hervir al sol.

       Y puesto allí boca arriba
830   alrededor le hacen fuego.
Una china viene luego
y al oído le da de gritos.
Hay algunos tan malditos
que sanan con este juego.

835   A otros les cuecen la boca
aunque de dolores cruja;

lo agarran y allí lo estrujan;
labios le queman y dientes
con un güevo bien caliente
840   de alguna gallina bruja.

Conoce el indio el peligro
y pierde toda esperanza.
Si a escapárseles alcanza
dispara como una liebre.
845   Le da delirios la fiebre
y ya le cain con la lanza.

Esas fiebres son terribles,
y aunque de esto no disputo,
ni de saber me reputo,
850   será, decíamos nosotros,
de tanta carne de potro
como comen estos brutos.

Había un gringuito cautivo
que siempre hablaba del barco,
855   y lo augaron en un charco
por causante de la peste.
Tenía los ojos celestes
como potrillito zarco.

Que le dieran esa muerte
860   dispuso una china vieja;
y aunque se aflije y se queja,
es inútil que resista.
Ponía el infeliz la vista
como la pone la oveja.

865   Nosotros nos alejamos
para no ver tanto estrago.
Cruz sentía los amagos
de la peste que reinaba,

y la idea nos acosaba
870   de volver a nuestros pagos.

      Pero contra el plan mejor
el destino se rebela.
¡La sangre se me congela!,
el que nos había salvado,
875   cayó también atacado
de la fiebre y la virgüela.

      No podíamos dudar
al verlo en tal padecer
el fin que había de tener,
880   y Cruz, que era tan humano:
—«Vamos —me dijo—, paisano,
a cumplir con un deber.»

      Fuimos a estar a su lado
para ayudarlo a curar.
885   Lo vinieron a buscar
y hacerle como a los otros;
lo defendimos nosotros,
no lo dejamos lanciar.

      Iba creciendo la plaga
890   y la mortandá seguía;
a su lado nos tenía
cuidándolo con paciencia.
Pero acabó su esistencia
al fin de unos pocos días.

895   El recuerdo me atormenta,
se renueva mi pesar,
me dan ganas de llorar,
nada a mis penas igualo.
Cruz también cayó muy malo,
900   ya para no levantar.

Todos pueden figurarse
cuánto tuve que sufrir;
yo no hacía sino gemir,
y aumentaba mi aflicción
905 no saber una oración
pa ayudarlo a bien morir.

Se le pasmó la virgüela,
y el pobre estaba en un grito;
me recomendó un hijito,
910 que en su pago había dejado.
—«Ha quedado abandonado
—me dijo— aquel pobrecito.»

«Si vuelve, busquemeló»,
me repetía a media voz.
915 En el mundo éramos dos
pues él ya no tiene madre
que sepa el fin de su padre
y encomiende mi alma a Dios.»

Lo apretaba contra el pecho
920 dominao por el dolor.
Era su pena mayor
el morir allá entre infieles.
Sufriendo dolores crueles
entregó su alma al Criador.

925 De rodillas a su lado
yo lo encomendé a Jesús.
Faltó a mis ojos la luz;
tube un terrible desmayo;
caí como herido del rayo
930 cuando lo vi muerto a Cruz.

VII

Aquel bravo compañero
en mis brazos espiró,
hombre que tanto sirvió,
varón que fue tan prudente
935   por humano y valiente
en el desierto murió.

Y yo, con mis propias manos,
yo mesmo lo sepulté.
A Dios por su alma rogué,
940   de dolor el pecho lleno,
y humedeció aquel terreno
el llanto que redamé.

Cumplí con mi obligación;
no hay falta de que me acuse,
945   ni deber de que me excuse,
aunque de dolor sucumba:
allá señala su tumba
una cruz que yo le puse.

Andaba de toldo en toldo
950   y todo me fastidiaba,
el pesar me dominaba,
y entregao al sentimiento,
se me hacía cada momento
oír a Cruz que me llamaha.

955   Cuál más, cuál menos, los criollos
saben lo que es amargura.
En mi triste desventura
no encontraba otro consuelo
que ir a tirarme en el suelo
960   al lao de su sepoltura.

Allí pasaba las horas
sin haber naides conmigo,
teniendo a Dios por testigo,
y mis pensamientos fijos
965 en mi mujer y mis hijos,
en mi pago y en mi amigo.

Privado de tantos bienes
y perdido en tierra ajena,
parece que se encadena
970 el tiempo y que no pasara,
como si el sol se parara
a contemplar tanta pena.

Sin saber qué hacer de mí
y entregado a mi aflicción,
975 estando allí una ocasión,
del lado que venía el viento
oí unos tristes lamentos
que llamaron mi atención.

No son raros los quejidos
980 en los toldos del salvage,
pues aquél es vandalage,
donde no se arregla nada
sino a lanza y puñalada,
a bolazos y a corage.

985 No preciso juramento,
deben creerle a Martín Fierro:
ha visto en ese destierro
a un salvaje que se irrita
degollar una chinita
990 y tirársela a los perros.

He presenciado martirios,
he visto muchas crueldades,
crímenes y atrocidades

que el cristiano no imagina,
995 pues ni el indio ni la china
sabe lo que son piedades.

Quise curiosiar los llantos
que llegaban hasta mí;
al punto me dirigí
1000 al lugar de ande venían.
¡Me horrorisa todavía
el cuadro que descubrí!

Era una infeliz muger
que estaba de sangre llena,
1005 y como una Madalena
lloraba con toda gana.
Conocí que era cristiana
y esto me dio mayor pena.

Cauteloso me acerqué
1010 a un indio que estaba al lao,
porque el pampa es desconfiao
siempre de todo cristiano,
y vi que tenía en la mano
el rebenque ensangrentao.

VIII

1015 Más tarde supe por ella,
de manera positiva,
que dentró una comitiva
de pampas a su partido,
mataron a su marido
1020 y la llevaron cautiva,

En tan dura servidumbre
hacían dos años que estaba;
un hijito que llevaba

a su lado lo tenía.
1025   La china la aborrecía,
tratándola como esclava.

Deseaba para escaparse
hacer una tentativa,
pues a la infeliz cautiva
1030   naides la va a redimir,
y allí tiene que sufrir
el tormento mientras viva.

Aquella china perversa,
dende el punto que llegó,
1035   crueldá y orgullo mostró
porque el indio era valiente:
usaba un collar de dientes
de cristianos que él mató.

La mandaba trabajar,
1040   poniendo cerca a su hijito,
tiritando y dando gritos,
por la mañana temprano,
atado de pies y manos
lo mesmo que un corderito.

1045   Ansí le imponía tarea
de juntar leña y sembrar
viendo a su hijito llorar;
y hasta que no terminaba,
la china no la dejaba
1050   que le diera de mamar.

Cuando no tenían trabajo
la emprestaban a otra china.
—«Naides —decía— se imagina
ni es capaz de presumir
1055   cuánto tiene que sufrir
la infeliz que está cautiva.»

Si ven crecido a su hijito,
como de piedá no entienden
y a súplicas nunca atienden,
1060   cuando no es éste, es el otro:
se lo quitan y lo venden
o se lo cambian por un potro.

En la crianza de los suyos
son bárbaros por demás.
1065   No lo había visto jamás:
en una tabla los atan,
los crían ansí y les achatan
la cabeza por detrás.

Aunque esto parezca extraño,
1070   ninguno lo ponga en duda;
entre aquella gente ruda,
en su bárbara torpeza,
es gala que la cabeza
se les forme puntiaguda.

1075   Aquella china malvada
que tanto la aborrecía
empezó a decir un día
por qué falleció una hermana
que sin duda la cristiana
1080   le había echado brujería.

El indio la sacó al campo
y la empezó a amenazar
que le había de confesar
si la brujería era cierta,
1085   o que la iba a castigar
hasta que quedara muerta.

Llora la pobre, afligida;
pero el indio, en su rigor,
le arrebató con furor

1090 al hijo de entre sus brazos.
Y del primer rebencazo
la hizo crujir de dolor.

Que aquel salvaje tan cruel
azotándola seguía;
1095 más y más se enfurecía
cuanto más la castigaba,
y la infeliz se atajaba
los golpes como podía.

Que le gritó muy furioso:
1100 —«Confechando no querés»—,
la dio vuelta de un revés,
y por colmar su amargura,
a su tierna criatura
se la degolló a los pies.

1105 —«Es increíble —me decía—
que tanta fiereza esista.
No habrá madre que resista;
aquel salvage inclemente
cometió tranquilamente
1110 aquel crimen a mi vista.»

Esos horrores tremendos
no los inventa el cristiano.
—«Ese bárbaro inhumano
—sollozando me lo dijo—
1115 me amarró luego las manos
con las tripitas de mi hijo.»

IX

De ella fueron los lamentos
que en mi soledá escuché.
En cuanto al punto llegué,

1120   quedé enterado de todo.
        Al mirarla de aquel modo
        ni un istante tutubié.

        Toda cubierta de sangre
        aquella infeliz cautiva,
1125   tenía dende abajo arriba
        la marca de los lazazos.
        Sus trapos hechos pedazos
        mostraban la carne viva.

        Alzó los ojos al cielo,
1130   en sus lágrimas bañada.
        Tenía las manos atadas;
        su tormento estaba claro.
        Y me clavó una mirada
        como pidiéndome amparo.

1135   Yo no sé lo que pasó
        en mi pecho en ese instante.
        Estaba el indio arrogante
        con una cara feroz:
        para entendernos los dos
1140   la mirada fue bastante.

        Pegó un brinco como gato
        y me ganó la distancia;
        aproveehó esa ganancia
        como fiera cazadora:
1145   desató las boliadoras
        y aguardó con vigilancia.

        Aunque yo iba de curioso
        y no por buscar contienda,
        al pingo le até la rienda,
1150   eché mano dende luego,
        a éste que no yerra fuego
        y ya se armó la tremenda.

El peligro en que me hallaba
al momento conocí.
1155   Nos mantuvimos ansí,
me miraba y lo miraba;
yo al indio le desconfiaba
y él me desconfiaba a mí.

Se debe ser precavido
1160   cuando el indio se agasape;
en esa postura el tape
vale por cuatro o por cinco:
como tigre es para el brinco
y fácil que a uno lo atrape.

1165   Peligro era atropellar
y era peligro el juir,
y más peligroso seguir
esperando de este modo,
pues otros podían venir
1170   y carniarme allí entre todos.

A juerza de precaución
muchas veces he salvado,
pues en un trance apurado
es mortal cualquier descuido.
1175   Si Cruz hubiera vivido
no habría tenido cuidado.

Un hombre junto con otro
en valor y en juerza crece;
el temor desaparece;
1180   escapa de cualquier trampa.
Entre dos, no digo a un pampa
a la tribu si se ofrece.

En tamaña incertidumbre,
en trance tan apurado,

1185   no podía, por de contado,
escaparme de otra suerte
sino dando al indio muerte
o quedando allí estirado.

      Y como el tiempo pasaba
1190   y aquel asunto me urgía,
viendo que él no se movía,
me fui medio de soslayo
como a agarrarle el caballo,
a ver si se me venía.

1195   Ansí fue, no aguardó más.
Y me atropelló el salvage.
Es preciso que se ataje
quien con el indio pelé.
El miedo de verse a pie
1200   aumentaba su coraje.

      En la dentrada nomás
me largó un par de bolazos.
Uno me tocó en un brazo:
si me da bien, me lo quiebra,
1205   pues las bolas son de piedra
y vienen como balazo.

      A la primer puñalada
el pampa se hizo un ovillo:
era el salvaje más pillo
1210   que he visto en mis correrías;
y a más de las picardías,
arisco para el cuchillo.

      Las bolas las manejaba
aquel bruto con destreza,
1215   las recogía con presteza
y me las volvía a largar,

haciéndomelas silbar
arriba de la cabeza.

Aquel indio, como todos,
1220 era cauteloso... ¡ay juna!
ay me valió la fortuna
de que peliando se apotra:
me amenazaba con una
y me largaba con otra.

1225 Me sucedió una desgracia
en aquel percance amargo;
en momentos que lo cargo
y que él reculando va,
me enredé en el chiripá
1230 y caí tirao largo a largo.

Ni pa encomendarme a Dios
tiempo el salvage me dio;
cuanto en el suelo me vio
me saltó con ligereza;
1235 juntito de la cabeza
el bolazo retumbó.

Ni por respeto al cuchillo
dejó el indio de apretarme.
Allí pretende ultimarme
1240 sin dejarme levantar,
y no me daba lugar
ni siquiera a enderezarme.

De valde quiero moverme:
aquel indio no me suelta.
1245 Como persona resuelta,
toda mi juerza ejecuto;
pero abajo de aquel bruto
no podía ni darme güelta.

¡Bendito, Dios poderoso
1250　quién te puede comprender!
Cuando a una débil mujer
le diste en esa ocasión
la juerza que en un varón
tal vez no pudiera haber.

1255　　Esa infeliz tan llorosa,
viendo el peligro se anima.
Como una flecha se arrima
y, olvidando su aflicción,
le pegó al indio un tirón
1260　que me lo sacó de encima.

　　Ausilio tan generoso
me libertó del apuro.
Si no es ella, de siguro
que el indio me sacrifica.
1265　Y mi valor se duplica
con un ejemplo tan puro.

　　En cuanto me enderecé,
nos volvimos a topar.
No se podía descansar
1270　y me chorriaba el sudor.
En un apuro mayor
jamás me he vuelto a encontrar.

　　Tampoco yo le daba alce,
como deben suponer.
1275　Se había aumentao mi quehacer
para impedir que el brutazo
le pegara algún bolazo,
de rabia, a aquella muger.

　　La bola en manos del indio
1280　es terrible y muy ligera;

hace de ella lo que quiera,
saltando como una cabra
mudos, sin decir palabra
peliábamos como fieras.

1285   Aquel duelo en el desierto,
nunca jamás se me olvida.
Iba jugando la vida
con tan terrible enemigo,
teniendo allí de testigo
1290   a una muger afligida.

Cuanto él más se enfurecía,
yo más me empiezo a calmar.
Mientras no logra matar
el indio no se desfoga.
1295   Al fin le corté una soga
y lo empecé aventajar.

Me hizo sonar las costillas
de un bolazo aquel maldito,
y al tiempo que le di un grito
1300   y le dentro como bala,
pisa el indio y se refala
en el cuerpo del chiquito.

Para explicar el misterio
es muy escasa mi cencia:
1305   lo castigó, en mi concencia,
Su Divina Magestá.
Donde no hay casualidá
suele estar la Providencia.

En cuanto trastabilló,
1310   más de firme lo cargué,
y aunque de nuevo hizo pie,
lo perdió aquella pisada,

pues en esa atropellada
en dos partes lo corté.

1315   Al sentirse lastimao
se puso medio afligido;
pero era indio decidido,
su valor no se quebranta;
le salían de la garganta
1320 como una especie de aullidos.

Lastimao en la cabeza,
la sangre lo enceguecía;
de otra herida le salía,
haciendo un charco ande estaba;
1325 con los pies la chapaliaba
sin aflojar todavía.

Tres figuras imponentes
formábamos aquel terno:
ella, en su dolor materno;
1330 yo, con la lengua dejuera,
y el salvaje, como fiera
disparada del infierno.

Iba conociendo el indio
que tocaban a degüello.
1335 Se le erizaba el cabello
y los ojos revolvía;
los labios se le perdían
cuando iba a tomar resuello.

En una nueva dentrada
1340 le pegué un golpe sentido,
y al verse ya mal herido,
aquel indio furibundo
lanzó un terrible alarido
que retumbó como un ruido

1345 si se sacudiera el mundo.

Al fin de tanto lidiar
en el cuchillo lo alcé:
en peso lo levanté
aquel hijo del desierto;
1350 ensartado lo llevé,
y allá recién lo largué
cuando ya lo sentí muerto.

Me persiné dando gracias
de haber salvado la vida.
1355 Aquella pobre afligida,
de rodillas en el suelo,
alzó sus ojos al cielo
sollozando dolorida.

Me hinqué también a su lado
1360 a dar gracias a mi santo.
En su dolor y quebranto,
ella, a la Madre de Dios,
le pide en su triste llanto
que nos ampare a los dos.

1365 Se alzó con pausa de leona
cuando acabó de implorar,
y sin dejar de llorar
envolvió en unos trapitos
los pedazos de su hijito,
1370 que yo le ayudé a juntar.

X

Dende ese punto era juerza
abandonar el desierto,
pues me hubieran descubierto;

y aunque lo maté en pelea
1375 de fijo que me lancean
por vengar al indio muerto.

A la aflijida cautiva
mi caballo le ofrecí,
era un pingo que alquiri,
1380 y dondequiera que estaba,
en cuanto yo lo silvaba
venía a refregarse en mí.

Yo me le senté al del pampa;
era un escuro tapao.
1385 Cuando me hallo bien montao,
de mis casillas me salgo;
y era un pingo como galgo.
que sabía correr boliao,

Para correr en el campo
1390 no hallaba ningún tropiezo.
Los egercitan en eso,
y los ponen como luz,
de dentrarle a un avestruz
y boliar bajo el pescuezo.

1395 El pampa educa al caballo
como para un entrevero.
Como rayo es de ligero
en cuanto el indio lo toca;
y, como trompo, en la boca
1400 da güeltas sobre de un cuero,

Lo barea en la madrugada;
jamás falta a este deber.
Luego, lo enseña a correr
entre fangos y guadales,
1405 ¡Ansina, esos animales

es cuanto se puede ver!

En el caballo de un pampa
no hay peligro de rodar,
¡jue pucha!, y pa disparar
1410   es pingo que no se cansa.
Con proligidá lo amansa
sin dejarlo corcobiar.

Pa quitarle las cosquillas
con cuidao lo manosea;
1415   horas enteras emplea,
y por fin sólo lo deja
cuando agacha las orejas
y ya el potro ni cocea.

Jamás le sacude un golpe,
1420   porque lo trata al bagual
con pacencia sin igual;
al domarlo no le pega,
hasta que al fin se le entrega
ya dócil el animal.

1425   Y aunque yo sobre los bastos
me sé sacudir el polvo,
a esa costumbre me amoldo;
con pacencia lo manejan
y al día siguiente lo dejan
1430   rienda arriba junto al toldo.

Ansí, todo el que procure
tener un pingo modelo,
lo ha de cuidar con desvelo,
y debe impedir también
1435   el que de golpes le den
o tironén en el suelo.

Muchos quieren dominarlo
con el rigor y el azote,
y si ven al chafalote
1440 que tiene trazas de malo,
lo embraman en algún palo
hasta que se descogote.

Todos se vuelven pretestos
y güeltas para ensillarlo.
1445 Dicen que es por quebrantarlo,
mas compriende cualquier bobo
que es el miedo del corcobo
y no quieren confesarlo.

El animal yeguarizo,
1450 perdónenme esta alvertencia,
es de mucha conocencia
y tiene mucho sentido;
es animal consentido;
lo cautiva la pacencia.

1455 Aventaja a los demás
el que estas cosas entienda.
Es bueno que el hombre aprienda,
pues hay pocos domadores
y muchos frangoyadores
1460 que andan de bozal y rienda,

... ...
... ...
... ...

Me vine, como les digo,
trayendo esa compañera.
Marchamos la noche entera.
haciendo nuestro camino
1465 sin más rumbo que el destino,

173

que nos llevara ande quiera.

Al muerto, en un pajonal
había tratao de enterrarlo,
y después de maniobrarlo
1470   lo tapé bien con las pajas,
para llevar de ventaja
lo que emplearan en hallarlo.

En notando nuestra ausiencia
nos habían de perseguir,
1475   y al decidirme a venir,
con todo mi corazón
hice la resolución
de peliar hasta morir.

Es un peligro muy serio
1480   cruzar juyendo el desierto.
Muchísimos de hambre han muerto,
pues en tal desasociego
no se puede ni hacer fuego
para no ser descubierto.

1485   Sólo el albitrio del hombre
puede ayudarlo a salvar;
no hay auxilio que esperar,
sólo de Dios hay amparo.
En el desierto es muy raro
1490   que uno se pueda escapar.

¡Todo es cielo y horizonte
en inmenso campo verde!
¡Pobre de aquel que se pierde
o que su rumbo estravea!
1495   Si alguien cruzarlo desea
este consejo recuerde:

Marque su rumbo de día
con toda fidelidá,
marche con puntualidá,
1500   siguiéndolo con fijeza,
y si duerme, la cabeza
ponga para el lao que va.

Oserve con todo esmero
adonde el sol aparece;
1505   si hay ñeblina y le entorpece
y no lo puede oservar,
guardese de caminar,
pues quien se pierde perece.

Dios les dio istintos sutiles
1510   a toditos los mortales.
El hombre es uno de tales,
y en las llanuras aquellas
lo guían el sol, las estrellas,
el viento y los animales.

1515   Para ocultarnos de día
a la vista del salvage,
ganábamos un parage
en que algún abrigo hubiera,
a esperar que anocheciera
1520   para seguir nuestro viaje.

Penurias de toda clase
y miserias padecimos:
varias veces no comimos
o comimos carne cruda;
1525   y en otras, no tengan duda,
con reíces nos mantubimos.

Después de mucho sufrir
tan peligrosa inquietú,

alcanzamos con salú
a divisar una sierra,
y al fin pisamos la tierra
en donde crece el ombú.

Nueva pena sintió el pecho
por Cruz, en aquel parage,
y en humilde vasallage
a la Magestá infinita
besé esta tierra bendita
que ya no pisa el salvage.

Al fin la misericordia
de Dios nos quiso amparar.
Es preciso soportar
los trabajos con costancia,
alcanzamos una estancia
después de tanto penar.

Ay mesmo me despedí
de mi infeliz compañera.
—«Me voy —le dije— ande quiera,
aunque me agarre el gobierno
pues infierno por infierno,
prefiero el de la frontera.»

Concluyo esta relación,
ya no puedo continuar.
Permítanme descansar:
están mis hijos presentes,
y yo ansioso por que cuenten
lo que tengan que contar.

XI

Y mientras que tomo un trago
pa refrescar el garguero,

y mientras tiempla el muchacho
1560 y prepara su estrumento,
les contaré de qué modo
tuvo lugar el encuentro:
me acerqué a algunas estancias
por saber algo de cierto,
1565 creyendo que en tanto años
esto se hubiera compuesto;
pero cuanto saqué en limpio
fue que estábamos lo mesmo.

Ansí me dejaba andar
1570 haciéndome el chango rengo,
porque no me convenía
revolver el avispero;
pues no inorarán ustedes
que en cuentas con el gobierno
1575 tarde o temprano lo llaman
al pobre a hacer el arreglo.

Pero al fin tuve la suerte
de hallar un amigo viejo
que de todo me informó
1580 y por él supe al momento
que el juez me perseguía
hacía tiempo que era muerto;
por culpa suya he pasado
diez años de sufrimiento,
1585 y no son pocos diez años
para quien ya llega a viejo.

Y los he pasado ansí;
si en mi cuenta no me yerro:
tres años en la frontera,
1590 dos como gaucho matrero
y cinco allá entre los indios
hacen los diez que yo cuento.

Me dijo, a más, ese amigo
que andubiera sin recelo,
1595 que todo estaba tranquilo,

que no perseguía el Gobierno,
que ya naides se acordaba
de la muerte del moreno,
aunque si yo lo maté
1600 mucha culpa tuvo el negro.
Estuve un poco imprudente
puede ser, yo lo confieso,
pero él me precipitó
porque me cortó primero,
1605 y a más, me corto la cara
que es un asunto muy serio.
Me asiguró el mesmo amigo
que ya no había ni el recuerdo
de aquel que en la pulpería
1610 lo dejé mostrando el sebo.
Él, de engreído, me buscó,
yo ninguna culpa tengo;
él mesmo vino a peliarme,
y tal vez me hubiera muerto
1615 si le tengo más confianza
o soy un poco más lerdo.
Fue suya toda la culpa,
porque ocasionó el suceso.
Que ya no hablaban tampoco,
1620 me lo dijo muy de cierto,
de cuando con la partida
llegué a tener el encuentro.
Esa vez me defendí
como estaba en mi derecho,
1625 porque fueron a prenderme
de noche y en campo abierto.
Se me acercaron con armas,
y sin darme voz de preso.
Me amenazaron a gritos
1630 de un modo que daba miedo;
que iban a arreglar mis cuentas,
tratándome de matrero,

y no era el gefe el que hablaba,
sino un cualquiera de entre ellos,

1635 Y ése, me parece a mí,
no es modo de hacer arreglos,
ni con el que es inocente,
ni con el culpable menos.
Con semejantes noticias

1640 yo me puse muy contento
y me presenté ande quiera
como otros pueden hacerlo.
De mis hijos he encontrado
sólo a dos hasta el momento,

1645 y de ese encuentro feliz
le doy las gracias al cielo.
A todos cuantos hablaba
les preguntaba por ellos,
mas no me daba ninguno

1650 razón de su paradero.
Casualmente el otro día
llegó a mi conocimiento,
de una carrera muy grande
entre varios estancieros,

1655 y fui como uno de tantos
aunque no llevaba un medio.
No faltaba, ya se entiende,
en aquel gauchage inmenso
muchos que ya conocían

1660 la historia de Martín Fierro,
y allí estaban los muchachos
cuidando unos paregeros.
Cuando me oyeron nombrar
se vinieron al momento,

1665 diciéndome quiénes eran,
aunque no me conocieron
porque venía muy aindiao
y me encontraban muy viejo.
La junción de los abrazos,

1670   de los llantos y los besos
se deja pa las mugeres,
como que entienden el juego.
Pero el hombre que compriende
que todos hacen lo mesmo,
1675   en público canta y baila,
abraza y llora en secreto.
Lo único que me han contao
es que mi muger ha muerto.
Que en procuras de un muchacho
1680   se fue la infeliz al pueblo,
donde infinitas miserias
habrá sufrido por cierto.
Que por fin a un hospital
fue a parar medio muriendo,
1685   y en ese abismo de males
falleció al muy poco tiempo.
Les juro que de esa pérdida
jamás he de hallar consuelo:
muchas lágrimas me cuesta
1690   dende que supe el suceso.
Mas dejemos cosas tristes,
aunque alegrías no tengo;
me parece que el muchacho
ha templao y está dispuesto.
1695   Vamos a ver qué tal lo hace,
y juzgar su desempeño.
Ustedes no los conocen,
yo tengo confianza en ellos,
no porque lleven mi sangre
1700   —eso fuera lo de menos—
sino porque dende chicos
han vivido padeciendo.
Los dos son aficionados,
les gusta jugar con fuego;
1705   vamos a verlos correr:
son cojos... hijos de rengo.

XII

EL HIJO MAYOR DE MARTÍN FIERRO

La penitenciaría

    Aunque el gajo se parece
al árbol de donde sale,
solía decirlo mi madre,
1710 y en su razón estoy fijo:
«Jamás puede hablar el hijo
con la autoridá del padre.»

    Recordarán que quedamos
sin tener dónde abrigarnos,
1715 ni ramada ande ganarnos,
ni rincón donde meternos,
ni camisa que ponernos,
ni poncho con que taparnos.

    Dichoso aquel que no sabe
1720 lo que es vivir sin amparo;
yo con verdá les declaro,
aunque es por demás sabido:
dende chiquito he vivido
en el mayor desamparo.

1725 No le merman el rigor
los mesmos que lo socorren,
tal vez porque no se borren
los decretos del destino,
de todas partes lo corren
1730 como ternero dañino.

    Y vive como los bichos,
buscando alguna rendija.
El güérfano es sabandija

que no encuentra compasión,
1735 y el que anda sin dirección
es guitarra sin clavija.

Sentiré que cuanto digo
a algún oyente le cuadre.
Ni casa tenía, ni madre,
1740 ni parentela, ni hermanos,
y todos limpian sus manos
en el que vive sin padre.

Lo cruza éste de un lazazo,
lo abomba aquél de un moquete,
1745 otro le busca el cachete,
y entre tanto soportar,
suele a veces no encontrar
ni quien le arroje un soquete.

Si lo recogen lo tratan
1750 con la mayor rigidez;
piensan que es mucho tal vez,
cuando ya muestra el pellejo,
si le dan un trapo viejo
pa cubrir su desnudez.

1755 Me crié, pues, como les digo,
desnudo a veces y hambriento,
me ganaba mi sustento
y ansí los años pasaban.
Al ser hombre me esperaban
1760 otra clase de tormentos.

Pido a todos que no olviden
lo que les voy a decir:
en la escuela del sufrir
he tomado mis lecciones,
1765 y hecho muchas reflecciones

dende que empecé a vivir.

Si alguna falta cometo
la motiva mi inorancia;
no vengo con arrogancia,
1770 y les diré en conclusión
que trabajando de pión
me encontraba en una estancia.

El que manda siempre puede
hacerle al pobre un calvario.
1775 A un vecino propietario
un boyero le mataron,
y aunque a mí me lo achacaron,
salió cierto en el sumario.

Piensen los hombres honrados
1780 en la vergüenza y la pena
de que tendría la alma llena
al verme ya tan temprano
igual a los que sus manos
con el crimen envenenan.

1785 Declararon otros dos
sobre el caso del dijunto;
mas no se aclaró el asunto,
y el juez, por darlas de listo.
—«Amarrados como un Cristo
1790 —nos dijo— irán todos juntos.»

«A la justicia ordinaria
voy a mandar a los tres.»
Tenía razón aquel juez
y cuantos ansí amenacen;
1795 ordinaria... es como la hacen,
lo he conocido después.

Nos remitió, como digo,
a esa justicia ordinaria
y fuimos con la sumaria
1800 a esa cárcel de malevos
que por un bautismo nuevo
le llaman Penitenciaría.

El porqué tiene ese nombre
naides me lo dijo a mí,
1805 mas yo me lo esplico ansí:
le dirán Penitenciaría
por la penitencia diaria
que se sufre estando allí.

Criollo que caí en desgracia
1810 tiene que sufrir no poco;
naides lo ampara tampoco
si no cuenta con recursos.
El gringo es de más discurso:
cuando mata, se hace el loco.

1815 No sé el tiempo que corrió
en aquella sepoltura.
Si de ajuera no lo apuran,
el asunto va con pausa:
tienen la presa sigura
1820 y dejan dormir la causa.

Inora el preso a qué lado
se inclinará la balanza;
pero es tanta la tardanza,
que yo les digo por mí:
1825 el hombre que dentre allí
deje afuera la esperanza.

Sin perfeccionar las leyes
perfeccionan el rigor.

Sospecho que el inventor
1830 habrá sido algún maldito:
por grande que sea un delito
aquella pena es mayor.

Eso es para quebrantar
el corazón más altivo.
1835 Los llaveros son pasivos,
pero más secos y duros
tal vez que los mesmos muros
en que uno gime cautivo.

No es en grillos ni en cadenas
1840 en lo que usté penará,
sino en una soledá
y un silencio tan projundo
que parece que en el mundo
es el único que está.

1845 El más altivo varón
y de cormillo gastao,
allí se vería agobiao
y su corazón marchito
al encontrarse encerrao
1850 a solas con su delito.

En esa cárcel no hay toros,
allí todos son corderos;
no puede el más altanero,
al verse entre aquellas rejas,
1855 sino amujar las orejas
y sufrir callao su encierro.

Y digo a cuantos inoran
el rigor de aquellas penas,
yo, que sufrí las cadenas
1860 del destino y su inclemencia:

que provechen la esperencia
del mal en cabeza agena.

    ¡Ay, madres, las que dirigen
al hijo de sus entrañas!
1865 No piensen que las engaña
ni que les habla un falsario;
lo que es el ser presidiario
no lo sabe la campaña.

    Hijas, esposas, hermanas,
1870 cuantas quieren a un varón,
díganles que esa prisión
es un infierno temido,
donde no se oye más ruido
que el latir del corazón.

1875   Allá el día no tiene sol,
la noche no tiene estrellas;
sin que le valgan querellas
encerrao lo purifican
y sus lágrimas salpican
1880 en las paredes aquellas.

    En soledá tan terrible,
de su pecho oye el latido.
Lo sé porque lo he sufrido,
y créamelo el aulitorio:
1885 tal vez en el purgatorio
las almas hagan más ruido.

    Cuenta esas horas eternas
para más atormentarse;
su lágrima al redamarse
1890 calcula en sus aflicciones,
contando sus pulsaciones,
lo que dilata en secarse.

Allí se amansa el más bravo,
allí se duebla el más juerte;
1895   el silensio es de tal suerte,
que cuando llegue a venir,
hasta se le han de sentir
las pisadas a la muerte.

Adentro mesmo del hombre
1900   se hace una revolución:
metido en esa prisión,
de tanto no mirar nada
le nace y queda grabada
la idea de la perfección.

1905   En mi madre, en mis hermanos,
en todo pensaba yo.
Al hombre que allí dentró
de memoria más ingrata,
fielmente se le retrata
1910   todo cuanto ajuera vio.

Aquel que ha vivido libre
de cruzar por donde quiera
se aflige y se desespera
de encontrarse allí cautivo.
1915   Es un tormento muy vivo
que abate la alma más fiera.

En esa estrecha prisión,
sin poderme conformar,
no cesaba de esclamar:
1920   ¡Qué diera yo por tener
un caballo en que montar
y una pampa en que correr!

En un lamento constante
se encuentra siempre embreteao.
1925   El castigo han inventao

de encerrarlo en las tinieblas,
y allí está como amarrao
a un fierro que no se duebla.

No hay un pensamiento triste
1930 que al preso no lo atormente.
Bajo un dolor permanente,
agacha al fin la cabeza,
porque siempre es la tristeza
hermana de un mal presente.

1935 Vierten lágrimas sus ojos,
pero su pena no alivia
en esa constante lidia
sin un momento de calma,
contempla con los del alma
1940 felicidades que envidia.

Ningún consuelo penetra
detrás de aquellas murallas.
El varón de más agallas,
aunque más duro que un perno,
1945 metido en aquel infierno
sufre, gime, llora y calla.

De furor el corazón
se le quiere reventar:
pero no hay sino aguantar
1950 aunque sosiego no alcance.
¡Dichoso en tan duro trance
aquel que sabe rezar!

¡Dirige a Dios su plegaria
el que sabe una oración!
1955 En esa tribulación
gime olvidado del mundo
y el dolor es más projundo
cuando no halla compasión.

En tan crueles pesadumbres,
1960 en tan duro padecer,
empezaba a encanecer
después de muy pocos meses.
Allí lamenté mil veces
no haber aprendido a ler.

1965 Viene primero el furor,
después la melancolía.
En mi angustia no tenía
otro alivio ni consuelo
sino regar aquel suelo
1970 con lágrimas noche y día.

A visitar otros presos
sus familias solían ir.
Naides me visitó a mí
mientras estube encerrado:
1975 ¡quién iba a costiarse allí
a ver a un desamparado!

¡Bendito sea el carcelero
que tiene buen corazón!
Yo sé que esta bendición
1980 pocos pueden alcanzarla,
pues si tienen compasión
su deber es ocultarla.

Jamás mi lengua podrá
espresar cuánto he sufrido:
1985 en ese encierro metido,
llaves, paredes, cerrojos,
se graban tanto en los ojos
que uno los ve hasta dormido.
… … …
… … …
… … …

El mate no se permite,
1990 no le permiten hablar.
No le permiten cantar
para aliviar su dolor,
y hasta el terrible rigor
de no dejarlo fumar.

1995 La justicia muy severa
suele rayar en crueldá.
Sufre el pobre que allí está
calenturas y delirios,
pues no esiste pior martirio
2000 que esa eterna soledá.

Conversamos con las rejas
por sólo el gusto de hablar,
pero nos mandan callar
y es preciso conformarnos,
2005 pues no se debe irritar
a quien puede castigarnos.

Sin poder decir palabra
sufre en silencio sus males,
y uno en condiciones tales
2010 se convierte en animal,
privao del don principal
que Dios hizo a los mortales.

Yo no alcanzo a comprender
2015 por qué motivo será
que el preso privado está
de los dones más preciosos
que el justo Dios bondadoso
otorgó a la humanidá.

Pues que de todos los bienes,
2020 en mi inorancia lo infiero,

que le dio al hombre altanero
su Divina Magestá,
la palabra es el primero,
el segundo es la amistá.

2025   Y es muy severa la ley
que por un crimen o un vicio
somete al hombre a un suplicio,
el más tremendo y atroz,
privado de un beneficio
2030   que ha recebido de Dios.

La soledá causa espanto,
el silencio causa horror;
ese continuo terror
es el tormento más duro
2035   y en un presidio siguro
está de más tal rigor.

Inora uno si de allí
saldrá pa la sepoltura.
El que se halla en desventura
2040   busca a su lado otro ser.
Pues siempre es bueno tener
compañeros de amargura.

Otro más sabio podrá
encontrar razón mejor;
2045   yo no soy rebuscador,
y ésta me sirve de luz:
se los dieron al Señor
al clavarlo en una cruz.

Y en las projundas tinieblas
2050   en que mi razón esiste,
mi corazón se resiste
a ese tormento sin nombre,

pues el hombre alegra al hombre
y al hablar consuela al triste.

... ...
... ...
... ...

2055   Grábenlo como en la piedra
cuanto he dicho en este canto,
y aunque yo he sufrido tanto
debo confesarlo aquí:
el hombre que manda allí
2060   es poco menos que un santo.

Y son buenos los demás,
a su ejemplo se manejan;
pero por eso no dejan
las cosas de ser tremendas.
2065   Piensen todos y compriendan
el sentido de mis quejas.

Y guarden en su memoria
con toda puntualidá
lo que con tal claridá
2070   les acabo de decir.
Mucho tendrán que sufrir
si no creen en mi verdá.

Y si atienden mis palabras
no habrá calabozos llenos.
2075   No olviden esto jamás:
manéjense como buenos;
aquí no hay razón de más,
más bien las puse de menos.

Y con esto me despido.
2080   Todos han de perdonar,

ninguno debe olvidar
la historia de un desgraciado.
Quien ha vivido encerrado
poco tiene que contar.

XIII

EL HIJO SEGUNDO DE MARTÍN FIERRO

2085   Lo que les voy a decir
        ninguno lo ponga en duda,
        y aunque la cosa es peluda,
        haré la resolución;
        es ladino el corazón,
2090   pero la lengua no ayuda.

        El rigor de las desdichas
        hemos soportao diez años,
        pelegrinando entre estraños,
        sin tener donde vivir,
2095   y obligados a sufrir
        una máquina de daños.

        El que vive de ese modo
        de todos es tributario.
        Falta el cabeza primario
2100   y los hijos que él sustenta
        se dispersan como cuentas
        cuando se corta el rosario.

        Yo andube ansí como todos
        hasta que al fin de sus días
2105   supo mi suerte una tía
        y me recogió a su lado.
        Allí viví sosegado
        y de nada carecía.

No tenía cuidado alguno,
2110 ni que trabajar tampoco;
y como muchacho loco
lo pasaba de holgazán.
Con razón dice el refrán
que lo bueno dura poco.

2115 En mí todo su cuidado
y su cariño ponía.
Como a un hijo me quería
con cariño verdadero;
y me nombró de heredero
2120 de los bienes que tenía.

El juez vino sin tardanza
cuanto falleció la vieja.
—«De los bienes que te deja
—me dijo— yo he de cuidar.
2125 Es un rodeo regular
y dos majadas de ovejas.»

Era hombre de mucha labia,
con más leyes que un dotor.
Me dijo: —«Vos sos menor
2130 y por los años que tienes
no podés manejar bienes.
Voy a nombrarte un tutor.»

Tomó un recuento de todo
porque entendía su papel
2135 y después que aquel pastel
lo tuvo bien amasao,
puso al frente un encargao
y a mí me llevó con él.

Muy pronto estuvo mi poncho
2140 lo mesmo que cernidor;

el chiripá estaba pior,
y aunque para el frío soy guapo
ya no me quedaba un trapo
ni pa el frío ni pa el calor.

2145 En tan triste desabrigo,
tras de un mes iba otro mes.
Guardaba silencio el juez,
la miseria me invadía.
Me acordaba de mi tía
2150 al verme en tal desnudés.

No sé decir con fijeza
el tiempo que pasé allí;
y después de andar ansí,
como moro sin señor,
2155 pasé a poder del tutor
que debía cuidar de mí.

XIV

Me llevó consigo un viejo
que pronto mostró la hilacha:
dejaba ver por la facha
2160 que era medio cimarrón,
muy renegao, muy ladrón,
y le llamaban Viscacha.

Lo que el juez iba buscando
sospecho y no me equivoco;
2165 pero este punto no toco
ni su secreto averiguo.
Mi tutor era un antiguo
de los que ya quedan pocos.

Viejo lleno de camándulas,

2170 con un empaque a lo toro;
andaba siempre en un moro
metido en no sé qué enriedos;
con las patas como loro,
de estribar entre los dedos.

2175 Andaba rodiao de perros,
que eran todo su placer;
jamás dejó de tener
menos de media docena;
mataba vacas ajenas
2180 para darles de comer.

  Carniábamos noche a noche
alguna res en el pago,
y dejando allí el resago,
alzaba en ancas el cuero,
2185 que se lo vendía a un pulpero
por yerba, tabaco y trago.

  ¡Ah, viejo! Más comerciante
en mi vida lo he encontrao.
Con ese cuero robao
2190 él arreglaba el pastel,
y allí entre el pulpero y él
se estendía el certificao.

  La echaba de comedido;
en las trasquilas lo viera.
2195 Se ponía como una fiera
si cortaban una oveja;
pero de alzarse no deja
un vellón o unas tijeras.

  Una vez me dio una soba
2200 que me hizo pedir socorro,
porque lastimé un cachorro

en el rancho de unas vascas
y al irse se alzó unas guascas.
Para eso era como zorro.

2205   ¡Ay juna!, dije entre mí;
me has dao esta pesadumbre:
ya verás cuanto vislumbre
una ocasión media güena:
te he de quitar la costumbre
2210   de cerdiar yeguas ajenas.

Porque maté una viscacha
otra vez me reprendió.
Se lo vine a contar yo,
y no bien se lo hube dicho:
2215   —«Ni me nuembres ese vicho»
—me dijo, y se me enojó.

Al verlo tan irritao
hallé prudente callar.
Éste me va a castigar,
2220   dije entre mí, si se agravia.
Ya vi que les tenía rabia,
y no las volví a nombrar.

Una tarde halló una punta
de yeguas medio bichocas;
2225   después que voltió unas pocas
las cerdiaba con empeño.
Yo vide venir al dueño
pero me callé la boca.

El hombre venía jurioso
2230   y nos cayó como un rayo;
se descolgó del caballo
revoliando el arriador,
y lo cruzó de un lazaso

ay no más a mi tutor.

2235   No atinaba don Viscacha
a qué lado disparar,
hasta que logró montar,
y de miedo del chicote,
se lo apretó hasta el cogote,
2240   sin pararse a contestar.

     Ustedes crerán tal vez
que el viejo se curaría:
no, señores, lo que hacía,
con más cuidao dende entonces,
2245   era maniarlas de día
para cerdiar a la noche.

     Ése fue el hombre que estubo
encargao de mi destino.
Siempre andubo en mal camino,
2250   y todo aquel vecinario
decía que era un perdulario,
insufrible de dañino.

     Cuando el juez me lo nombró
al dármelo de tutor
2255   me dijo que era un señor
el que me debía cuidar,
enseñarme a trabajar
y darme la educación.

     Pero qué había de aprender
2260   al lao de ese viejo paco,
que vivía como el chuncaco
en los bañaos, como el tero;
un haragán, un ratero,
y más chillón que un barraco.

2265   Tampoco tenía más bienes
        ni propiedá conocida
        que una carreta podrida
        y las paredes sin techo
        de un rancho medio deshecho
2270   que le servía de guarida.

        Después de las trasnochadas
        allí venía a descansar.
        Yo desiaba aviriguar
        lo que tubiera escondido
2275   pero nunca había podido
        pues no me dejaba entrar.

        Yo tenía unas jergas viejas
        que habían sido más peludas;
        y con mis carnes desnudas,
2280   el viejo, que era una fiera,
        me echaba a dormir ajuera
        con unas heladas crudas.

        Cuando mozo fue casao,
        aunque yo lo desconfío;
2285   y decía un amigo mío
        que, de arrebatao y malo,
        mató a su muger de un palo
        porque le dio un mate frío.

        Y viudo por tal motivo
2290   nunca se volvió a casar.
        No era fácil encontrar
        ninguna que lo quisiera:
        todas temerían llevar
        la suerte de la primera.

2295   Soñaba siempre con ella
        sin duda por su delito,

y decía el viejo maldito,
el tiempo que estubo enfermo,
que ella dende el mesmo infierno
2300 lo estaba llamando a gritos.

XV

Siempre andaba retobao,
con ninguno solía hablar;
se divertía en escarbar
y hacer marcas con el dedo;
2305 y cuanto se ponía en pedo
me empezaba aconsejar.

Me parece que lo veo
con su poncho calamaco.
Después de echar un buen taco
2310 ansí principiaba a hablar:
—«Jamás llegués a parar
a donde veas perros flacos.

El primer cuidao del hombre
es defender el pellejo.
2315 Lleváte de mi consejo,
fijáte bien en lo que hablo:
el diablo sabe por diablo,
pero más sabe por viejo.»

«Hacete amigo del juez,
2320 no le des de qué quejarse;
y cuando quiera enojarse
vos te debés encojer,
pues siempre es güeno tener
palenque ande ir a rascarse.»

2325 «Nunca le llevés la contra,

porque él manda la gavilla.
Allí sentao en su silla
ningún güey le sale bravo;
a uno le da con el clavo
2330 y a otro con la cantramilla.»

 «El hombre, hasta el más soberbio,
con más espinas que un tala,
aflueja andando en la mala
y es blando como manteca:
2335 hasta la hacienda baguala
cai al jagüel con la seca.»

 «No andés cambiando de cueva,
hacé las que hace el ratón:
conservate en el rincón
2340 en que empesó tu esistencia:
vaca que cambia querencia
se atrasa en la parición.»

 Y menudiando los tragos
aquel viejo como cerro:
2345 «No olvidés —me decía— Fierro,
que el hombre no debe crer
en lágrimas de mujer
ni en la renguera del perro.»

 «No te debés afligir
2350 aunque el mundo se desplome.
Lo que más precisa el hombre
tener, según yo discurro,
es la memoria del burro
que nunca olvida ande come.»

2355 «Dejá que caliente el horno
el dueño del amasijo.
Lo que es yo, nunca me aflijo

y a todito me hago el sordo:
el cerdo vive tan gordo
2360 y se come hasta los hijos.»

«El zorro que ya es corrido,
dende lejos la olfatea.
No se apure quien desea
hacer lo que le aproveche:
la vaca que más rumea
2365 es la que da mejor leche.»

«El que gana su comida
bueno es que en silencio coma.
Ansina vos ni por broma
2370 querrás llamar la atención:
nunca escapa el cimarrón
si dispara por la loma.»

«Yo voy donde me conviene
y jamás me descarrío.
2375 Llevate el ejemplo mío,
y llenarás la barriga.
Aprendé de las hormigas:
no van a un noque vacío.»

«A naides tengás envidia:
2380 es muy triste el envidiar.
Cuando veas a otro ganar,
a estorbarlo no te metas:
cada lechón en su teta
es el modo de mamar.»

2385 «Ansí se alimentan muchos
mientras los pobres lo pagan.
Como el cordero hay quien lo haga
en la puntita, no niego;
pero otros, como el borrego,

2390   toda entera se la tragan.»

      «Si buscás vivir tranquilo
dedicáte a solteriar;
mas si te querés casar,
con esta alvertencia sea:
2395   que es muy difícil guardar
prendas que otros codicean.»

      «Es un vicho la mujer
que yo aquí no lo destapo:
siempre quiere al hombre guapo,
2400   mas fijate en la elección,
porque tiene el corazón
como barriga de sapo.»

      Y gangoso con la tranca,
me solía decir: —«Potrillo,
2405   recién te apunta el cormillo,
mas te lo dice un toruno:
no dejés que hombre ninguno
te gane el lao del cuchillo.»

      «Las armas son necesarias,
2410   pero naides sabe cuándo;
ansina, si andás pasiando,
y de noche sobre todo,
debés llevarlo de modo
que al salir salga cortando.»

2415   «Los que no saben guardar
son pobres aunque trabajen;
nunca por más que se atajen,
se librarán del cimbrón;
al que nace barrigón
2420   es al ñudo que lo fajen.»

«Donde los vientos me llevan,
allí estoy como en mi centro.
Cuando una tristeza encuentro
tomo un trago pa alegrarme:
2425 a mí me gusta mojarme
por ajuera y por adentro.»

«Vos sos pollo, y te convienen
toditas estas razones:
mis consejos y leciones
2430 no echés nunca en el olvido:
en las riñas he aprendido
a no peliar sin puyones.»

Con estos consejos y otros
que yo en mi memoria encierro
2435 y que aquí no desentierro
educándome seguía
hasta que al fin se dormía,
mesturao entre los perros.

XVI

Cuando el viejo cayó enfermo,
2440 viendo yo que se empioraba
y que esperanza no daba
de mejorarse siquiera,
le truje una culandrera
a ver si lo mejoraba.

2445 En cuanto lo vio me dijo:
—«Éste no aguanta el sogazo;
muy poco le doy de plazo;
nos va a dar un espetáculo,
porque debajo del brazo
2450 le ha salido un tabernáculo.»

  —Dice el refrán que en la tropa
nunca falta un güey corneta;
uno que estaba en la puerta
le pegó el grito ay no más:
2455 —«Tabernáculo... qué bruto:
un tubérculo, dirás.»

  Al verse ansí interrumpido,
al punto dijo el cantor:
—«No me parece ocasión
2460 de meterse los de ajuera.
Tabernáculo, señor,
le decía la culandrera.»

  El de ajuera repitió,
dándole otro chaguarazo:
2465 —«Allá va un nuevo bolazo:
copo y se lo gano en puerta:
a las mujeres que curan
se les llama curanderas.»

  No es bueno, dijo el cantor,
2470 muchas manos en un plato,
y diré al que ese barato
ha tomao de entremetido,
que no creía haber venido
a hablar entre liberatos.

2475 Y para seguir contando
la historia de mi tutor
le pediré a ese dotor
que en mi inorancia me deje,
pues siempre encuentra el que teje
2480 otro mejor tejedor.

  Seguía enfermo, como digo,
cada vez más emperrao.

Yo estaba ya acobardao
y lo espiaba dende lejos:
2485 era la boca del viejo
la boca de un condenao.

Allá pasamos los dos
noches terribles de invierno.
Él maldecía al Padre Eterno
2490 como a los santos benditos,
pidiéndole al diablo a gritos
que lo llevara al infierno.

Debe ser grande la culpa
que a tal punto mortifica.
2495 Cuando vía una reliquia
se ponía como azogado,
como si a un endemoniado
le echaran agua bendita.

Nunca me le puse a tiro,
2500 pues era de mala entraña;
y viendo heregía tamaña
si alguna cosa le daba,
de lejos se la alcanzaba
en la punta de una caña.

2505 Será mejor, decía ya,
que abandonado lo deje,
que blasfeme y que se queje,
y que siga de esta suerte,
hasta que venga la muerte
2510 y cargue con este hereje.

Cuando ya no pudo hablar
le até en la mano un cencerro,
y al ver cercano su entierro,
arañando las paredes.

2515 espiró allí entre los perros
y este servidor de ustedes.

XVII

Le cobré un miedo terrible
después que lo vi dijunto.
Llamé al alcalde y al punto
2520 acompañado se vino
de tres o cuatro vecinos
a arreglar aquel asunto.

—«Ánima bendita —dijo
un viejo medio ladiao—;
2525 que Dios lo haiga perdonao
es todo cuanto deseo.
Le conocí un pastoreo
de terneritos robaos.»

—«Ansina es —dijo el alcalde—.
2530 Con eso empezó a poblar,
yo nunca podré olvidar
las travesuras que hizo;
hasta que al fin fue preciso
que le privasen carniar.»

2535 «De mozo fue muy ginete,
no lo bajaba un bagual;
pa ensillar un animal
sin necesitar de otro,
se encerraba en el corral
2540 y allí galopiaba el potro.»

«Se llevaba mal con todos;
era su costumbre vieja
el mesturar las ovejas,

pues al hacer el aparte
2445 sacaba la mejor parte
y después venía con quejas.»

—«Dios lo ampare al pobresito
—dijo en seguida un tercero—.
Siempre robaba carneros,
2550 en eso tenía destreza:
enterraba las cabezas
y después vendía los cueros.»

«Y qué costumbre tenía:
cuando en el jogón estaba,
2555 con el mate se agarraba
estando los piones juntos;
yo tayo, decía, y apunto,
y a ninguno convidaba.»

«Si ensartaba algún asao,
2560 ¡pobre!, ¡como si lo viese!:
poco antes de que estubiese,
primero lo maldecía,
luego después lo escupía
para que naides comiese.»

2565 «Quien le quitó esa costumbre
de escupir al asador
fue un mulato resertor
que andaba de amigo suyo.
Un diablo, muy peliador,
2570 que le llamaban Barullo.»

«Una noche que les hizo
como estaba acostumbrao,
se alzó el mulato enojao
y le gritó: —Viejo indino,
2575 yo te he de enseñar, cochino,

a echar saliva al asao.»

«Lo saltó por sobre el juego
con el cuchillo en la mano.
¡La pucha, el pardo liviano!
2580 En la mesma atropellada
le largó una puñalada
que la quitó otro paisano.»

«Y ya caliente Barullo,
quiso seguir la chacota:
2585 se le había erizao la mota
lo que empezó la reyerta.
El viejo ganó la puerta
y apeló a las de gaviotas.»

«De esa costumbre maldita
2590 desde entonces se curó;
a las casas no volvió,
se metió en un cicutal,
y alli escondido pasó
esa noche sin cenar.»

2595 Esto hablaban los presentes,
y yo, que estaba a su lao,
al oír lo que he relatao,
aunque él era un perdulario,
dije entre mí: «Qué rosario
2600 le están resando al finao.»

Luego comenzó el alcalde
a registrar cuanto había,
sacando mil chucherías
y guascas y trapos viejos,
2605 temeridá de trebejos
que para nada servían.

Salieron lazos, cabrestos,
coyundas y maniadores,
una punta de arriadores,
2610   cinchones, maneas, torzales,
una porción de bozales
y un montón de tiradores.

Había riendas de domar,
frenos y estribos quebraos,
2615   bolas, espuelas, recaos,
unas pavas, unas ollas,
y un gran manojo de argollas
de cinchas que había cortao.

Salieron varios cencerros
2620   alesnas, lonjas, cuchillos,
unos cuantos coginillos,
un alto de gergas viejas,
muchas botas desparejas
y una infinidad de anillos.

2625   Había tarros de sardinas,
unos cueros de venao,
unos ponchos augeriaos.
Y en tan tremendo entrevero
apareció hasta un tintero
2630   que se perdió en el juzgao.

Decía el alcalde muy serio:
—«Es poco cuanto se diga;
había sido como hormiga.
He de darle parte al juez,
2635   y que me venga despés
con que no se los persiga.»

Yo estaba medio azorao
de ver lo que sucedía.

Entre ellos mesmos decían
2640 que unas prendas eran suyas;
pero a mí me parecia
que ésas eran aleluyas.

Y cuando ya no tubieron
rincón donde registrar,
2645 cansaos de tanto huroniar
y de trabajar de balde:
—«Vámosnos —dijo el alcalde—,
luego lo haré sepultar.»

Y aunque mi padre no era
2650 el dueño de ese hormiguero,
él allí muy cariñero
me dijo con muy buen modo:
—«Vos serás el heredero
y te harás cargo de todo.»

2655 «Se ha de arreglar este asunto
como es preciso que sea:
voy a nombrar albacea
uno de los circunstantes.
Las cosas no son como antes,
2660 tan enredadas y feas.»

—«¡Bendito Dios! —pensé yo—.
ando como un pordiosero,
y me nuembran heredero
de toditas estas guascas.
2665 ¡Quisiera saber primero
lo que se han hecho mis vacas!»

XVIII

Se largaron, como he dicho,
a disponer el entierro;

cuando me acuerdo, me aterro;
2670 me puse a llorar a gritos
al verme allí tan solito
con el finao y los perros.

Me saqué el escapulario,
se lo colgué al pecador;
2675 y como hay en el Señor
misericordia infinita,
rogué por la alma bendita
del que antes jue mi tutor.

No se calmaba mi duelo
2680 de verme tan solitario.
Ay le champurrié un rosario
como si fuera mi padre,
besando el escapulario
que me había puesto mi madre.

2685 —«Madre mía —gritaba yo—
dónde andarás padeciendo.
El llanto que estoy virtiendo
lo redamarías por mí,
si vieras a tu hijo aquí
2690 todo lo que está sufriendo.»

Y mientras ansí clamaba
sin poderme consolar,
los perros, para aumentar
más mi miedo y mi tormento,
2695 en aquel mesmo momento
se pusieron a llorar.

Libre Dios a los presentes
de que sufran otro tanto;
con el muerto y esos llantos
2700 les juro que falta poco

para que me vuelva loco
en medio de tanto espanto.

Decían entonces las viejas,
como que eran sabedoras,
2705 que los perros cuando lloran
es porque ven al demonio;
yo creia en el testimonio
como cre siempre el que inora.

Ay dejé que los ratones
2710 comieran el guasquerío;
y como anda a su albedrío
todo el que güerfano queda,
alzando lo que era mío
abandoné aquella cueva.

... ...
... ...
... ...

2715 Supe después que esa tarde
vino un pión y lo emerró.
Ninguno lo acompañó
ni lo velaron siquiera;
y al otro día amaneció
2720 con una mano dejuera.

Y me ha contado además
el gaucho que hizo el entierro
—al recordarlo me aterro,
me da pavor este asunto—
2725 que la mano del dijunto
se la había comido un perro.

Tal vez yo tuve la culpa,
porque de asustao me fui.

Supe después que volví,
2730 y asigurárselos puedo,
que los vecinos, de miedo,
no pasaban por allí.

Hizo del rancho guarida
la sabandija más sucia.
2735 El cuerpo se despeluza
y hasta la razón se altera;
pasaba la noche entera
chillando allí una lechuza.

Por mucho tiempo no pude
2740 saber lo que me pasaba.
Los trapitos con que andaba
eran puras hojarascas,
todas las noches soñaba
con viejos, perros y guascas.

XIX

2745 Andube a mi voluntá
como moro sin señor,
ése jue el tiempo mejor
que yo he pasado tal vez.
De miedo de otro tutor
2750 ni aporté por lo del juez,

—«Yo cuidaré —me habían dicho—
de lo de tu propiedá.
Todo se conservará,
el vacuno y los rebaños,
2755 hasta que cumplás treinta años,
en que seas mayor de edá.»

Y aguardando que llegase

el tiempo que la ley fija,
pobre como lagartija,
2760 y sin respetar a naides,
andube cruzando al aire
como bola sin manija.

Me hice hombre de esa manera
bajo el más duro rigor.
2765 Sufriendo tanto dolor
muchas cosas aprendí;
y por fin vítima fui
del más desdichado amor.

De tantas alternativas
2770 ésta es la parte peluda.
Infeliz y sin ayuda
fue estremado mi delirio,
y causaban mi martirio
los desdenes de una viuda.

2775 Llora el hombre ingratitudes
sin tener un jundamento;
acusa sin miramiento
a la que el mal le ocasiona
y tal vez en su persona
2780 no hay ningún merecimiento.

Cuando yo más padecía
la crueldá de mi destino,
rogando al poder divino
que del dolor me separe,
2785 me hablaron de un adivino
que curaba esos pesares.

Tuve recelos y miedos,
pero al fin me disolví:
hice corage y me fui

2790 donde el adivino estaba,
y por ver si me curaba,
cuanto llevaba le di.

Me puse al contar mis penas
más colorao que un tomate,
2795 y se me añudó el gaznate
cuando dijo el ermitaño:
—«Hermano, le han hecho daño
y se lo han hecho en un mate.

Por verse libre de usté
2800 lo habrán querido embrujar.»
Después me empezó a pasar
una pluma de avestruz
y me dijo:—«De la Cruz
recebí el don de curar.»

2805 «Debes maldecir —me dijo—
a todos tus conocidos.
Ansina el que te ha ofendido
pronto estará descubierto.
Y deben ser maldecidos
2810 tanto vivos como muertos.»

Y me recetó que hincao
en un trapo de la viuda
frente a una planta de ruda
hiciera mis oraciones,
2815 diciendo: —«No tengás duda,
eso cura las pasiones.»

A la viuda en cuanto pude,
un trapo le manotié;
busqué la ruda y al pie,
2820 puesto en cruz, hice mi reso;
pero, amigos, ni por eso

de mis males me curé.

Me recetó otra ocasión
que comiera abrojo chico.
2825 El remedio no me esplico,
mas, por desechar el mal,
al ñudo en un abrojal
fi a ensangrentarme el hocico.

Y con tanta medecina
2830 me parecía que sanaba.
Por momento se aliviaba
un poco mi padecer,
mas si a la viuda encontraba
volvía la pasión a arder.

2835 Otra vez que consulté
su saber estrordinario,
recibió bien su salario
y me recetó aquel pillo
que me colgase tres grillos
2840 ensartaos como rosario.

Por fin, la última ocasión
que por mi mal lo fi a ver,
me dijo: —«No, mi saber
no ha perdido su virtú:
2845 yo te daré la salú,
no triunfará esa mujer.»

«Y tené fe en el remedio,
pues la cencia no es chacota.
De esto no entendés ni jota.
2850 Sin que ninguno sospeche,
cortale a un negro tres motas
y hacelas hervir en leche.»

Yo andaba ya desconfiando
de la curación maldita,
2855 y dije: —«Éste no me quita
la pasión que me domina;
pues que viva la gallina,
aunque sea con la pepita.»

Ansí me dejaba andar,
2860 hasta que en una ocasión
el cura me echó un sermón,
para curarme, sin duda,
diciendo que aquella viuda
era hija de confisión.

2865 Y me dijo estas palabras,
que nunca las he olvidao:
—«Has de saber que el finao
ordenó en su testamento
que naides de casamiento
2870 le hablara en lo sucesivo,
y ella prestó el juramento
mientras él estaba vivo.»

«Y es preciso que lo cumpla,
porque ansí lo manda Dios.
2875 Es necesario que vos
no la vuelvas a buscar,
porque si llega a faltar
se condenarán los dos.»

Con semejante alvertencia
2880 se completó mi redota;
le vi los pies a la sota
y me le alejé a la viuda
más curao que con la ruda,
con los grillos y las motas.

2885 Después me contó un amigo
   que al juez le había dicho el cura
   «que yo era un cabeza dura
   y que era un mozo perdido,
   que me echaran del partido,
2890 que no tenía compostura».

   Tal vez por ese consejo,
   y sin que más causa hubiera
   ni que otro motivo diera,
   me agarraron redepente
2895 y en el primer contingente
   me echaron a la frontera.

   De andar persiguiendo viudas
   me he curado del deseo.
   En mil penurias me veo;
2900 mas pienso volver tal vez
   a ver si sabe aquel juez
   lo que se ha hecho mi rodeo.

XX

   Martín Fierro y sus dos hijos,
   entre tanta concurrencia,
2905 siguieron con alegría
   celebrando aquella fiesta.
   Diez años, los más terribles,
   había durado la ausencia,
   y al hallarse nuevamente
2910 era su alegría completa.
   En ese mesmo momento,
   uno que vino de afuera
   a tomar parte con ellos,
   suplicó que lo almitieran.
2915 Era un mozo forastero

de muy regular presencia
y hacía poco que en el pago
andaba dando sus güeltas.
Aseguraban algunos
2920 que venía de la frontera,
que había pelao a un pulpero
en las últimas carreras,
pero andaba despilchao,
no traia una prenda buena,
2925 un recadito cantor
daba fe de sus pobrezas.
Le pidió la bendición
al que causaba la fiesta,
y sin decirles su nombre
2930 les declaró con franqueza
que el nombre de *Picardía*
es el único que lleva,
y para contar su historia
a todos pide licencia,
2935 diciéndoles que en seguida
iban a saber quién era.
Tomó al punto la guitarra,
la gente se puso atenta,
y ansí cantó *Picardía*
2940 en cuanto templó las cuerdas.

XXI

PICARDÍA

Voy a contarles mi historia,
perdónenme tanta charla,
y les diré al principiarla,
aunque es triste hacerlo así,
2945 a mi madre la perdí
antes de saber llorarla.

Me quedé en el desamparo,
y al hombre que me dio el ser
no lo pude conocer.
2950 Ansí, pues, dende chiquito
volé como un pajarito
en busca de qué comer.

O por causa del servicio,
que a tanta gente destierra,
2955 o por causa de la guerra,
que es causa bastante seria,
los hijos de la miseria
son muchos en esta tierra.

Ansí, por ella empujado,
2960 no sé las cosas que haría
y aunque con vergüenza mía,
debo hacer esta alvertencia:
siendo mi madre Inocencia
me llamaban *Picardía*.

2965 Me llevó a su lado un hombre
para cuidar las ovejas.
Pero todo el día eran quejas
y guascazos a lo loco,
y no me daba tampoco
2970 siquiera unas jergas viejas.

Dende la alba hasta la noche
en el campo me tenía.
Cordero que se moría
—mil veces me sucedió—
2975 los caranchos lo comían,
pero lo pagaba yo.

De trato tan riguroso
muy pronto me acobardé.

El bonete me apreté
2980 buscando mejores fines,
y con unos bolantines
me fui para Santa Fe.

El pruebista principal
a enseñarme me tomó,
2985 y ya iba aprendiendo yo
a bailar en la maroma;
mas me hicieron una broma
y aquello me indijustó.

2990 Una vez que iba bailando,
porque estaba el calzón roto
armaron tanto alboroto
que me hicieron perder pie:
de la cuerda me largué
y casi me descogoto.

2995 Ansí, me encontré de nuevo
sin saber dónde meterme;
y ya pensaba volverme,
cuando, por fortuna mía,
me salieron unas tías
3000 que quisieron recogerme.

Con aquella parentela,
para mí desconocida,
me acomodé ya en seguida,
y eran muy buenas señoras,
3005 pero las más rezadoras
que he visto en toda mi vida.

Con el toque de oración
ya principiaba el rosario;
noche a noche, un calendario
3010 tenían ellas que decir,

y a rezar solían venir
muchas de aquel vecinario.

    Lo que allí me aconteció
siempre lo he de recordar,
3015 pues me empiezo a equivocar
y a cada paso refalo
como si me entrara el Malo
cuanto me hincaba a resar.

    Era como tentación
3020 lo que yo esperimenté
y jamás olvidaré
cuánto tuve que sufrir,
porque no podía decir
«artículos de la Fe».

3025   Tenía al lao una mulata
que era nativa de allí;
se hincaba cerca de mí
como el ángel de la guarda.
¡Pícara! y era la parda
3030 la que me tentaba ansí.

    —«Resá —me dijo mi tía—
artículos de la Fe.»
Quise hablar y me atoré;
la dificultá me aflije.
3035 Miré a la parda, y ya dije:
«artículos de Santa Fe».

    Me acomodó el coscorrón
que estaba viendo venir.
Yo me quise corregir,
3040 a la mulata miré,
y otra vez volví a decir:
«artículos de Santa Fe».

Sin dificultá ninguna
rezaba todito el día,
3045 y a la noche no podía
ni con un trabajo inmenso;
es por eso que yo pienso
que alguno me tentaría.

Una noche de tormenta
3050 vi a la parda y me entró chucho.
Los ojos —me asusté mucho—
eran como refocilo.
Al nombrar a San Camilo
le dije San Camilucho,

3055 Ésta me da con el pie,
aquella otra con el codo.
¡Ah, viejas! por ese modo,
aunque de corazón tierno,
yo las mandaba al infierno
3060 con oraciones y todo.

Otra vez, que, como siempre,
la parda me perseguía,
cuando yo acordé, mis tías
me había sacao un mechón
3065 al pedir la estirpación
de todas las heregías.

Aquella parda maldita
me tenía medio afligido,
y ansí, me había sucedido
3070 que al decir «estirpación»
le acomodé «entripación»
y me cayeron sin ruido.

El recuerdo y el dolor
me duraron muchos días.

3075   Soñé con las heregías
que andaban por estirpar;
y pedía siempre al resar
la estirpación de mis tías.

Y dale siempre rosarios,
3080   noche a noche y sin cesar;
dale siempre barajar
salve, trisagios y credos.
Me aburrí de esos enriedos
y al fin me mandé mudar.

XXII

3085   Anduve como pelota
y más pobre que una rata.
Cuando empecé a ganar plata
se armó no sé qué barullo;
yo dije: «a tu tierra, grullo,
3090   aunque sea con una pata».

Eran duros y bastantes
los años que allá pasaron.
Con lo que ellos me enseñaron
formaba mi capital.
3095   Cuanto vine me enrolaron
en la Guardia Nacional.

Me había egercitao al naipe;
el juego era mi carrera.
Hice alianza verdadera
3100   y arreglé una trapisonda
con el dueño de una fonda
que entraba en la peladera,

Me ocupaba con esmero

en floriar una baraja.
3105 Él la guardaba en la caja,
en paquetes, como nueva;
y la media arroba lleva
quien conoce la ventaja.

Comete un error inmenso
3110 quien de la suerte presuma:
otro más hábil lo fuma,
en un dos por tres lo pela,
y lo larga que no vuela
porque le falta una pluma.

3115 Con un socio que lo entiende,
se arman partidas muy buenas;
queda allí la plata agena,
quedan prendas y botones,
Siempre cain a esas riuniones
3120 sonzos con las manos llenas.

Hay muchas trampas legales,
recursos del jugador.
No cualquiera es sabedor
a lo que un naipe se presta.
3125 Con una cincha bien puesta
se la pega uno al mejor.

Deja a veces ver la boca
haciendo el que se descuida;
juega el otro hasta la vida.
3130 Y es siguro que se ensarta,
porque uno muestra una carta
y tiene otra prevenida.

Al monte, las precauciones
no han de olvidarse jamás.
3135 Debe afirmarse además

los dedos para el trabajo,
y buscar asiento bajo
que le dé la luz de atrás.

Pa tayar, tome la luz,
3140 dé la sombra al alversario,
acomódese al contrario
en todo juego cartiao:
tener ojo egercitao
es siempre muy necesario.

3145 El contrario abre los suyos,
pero nada ve el que es ciego.
Dándole soga, muy luego
se deja pescar el tonto:
todo chapetón cree pronto
3150 que sabe mucho en el juego.

Hay hombres muy inocentes
y que a las carpetas van;
cuando asariados están,
les pasa infinitas veces:
3155 pierden en puertas y en treses,
y dándoles mamarán.

El que no sabe, no gana
aunque ruegue a Santa Rita.
En la carpeta a un mulita
3160 se le conoce al sentarse.
Y conmigo era matarse:
no podían ni a la manchita.

En el nueve y otros juegos
llevo ventaja no poca:
3165 y siempre que dar me toca
el mal no tiene remedio
porque sé sacar del medio

y sentar la de la boca.

En el truco al más pintao
3170 solía ponerlo en apuro.
Cuando aventajar procuro,
sé tener, como fajadas,
tiro a tiro el as de espadas
o flor o envite seguro.

3175 Yo sé defender mi plata
y lo hago como el primero.
El que ha de jugar dinero
preciso es que no se atonte.
Si se armaba una de monte,
3180 tomaba parte el fondero.

Un pastel, como un paquete,
sé llevarlo con limpieza
dende que a salir empiezan
no hay carta que no recuerde.
3185 Sé cuál se gana o se pierde
en cuanto cain a la mesa.

También por estas jugadas
suele uno verse en aprietos;
mas yo no me comprometo
3190 porque sé hacerlo con arte,
y aunque les corra el descarte
no se descubre el secreto.

Si me llamaban al dao,
nunca me solía faltar
3195 un *cargado* que largar,
un *cruzao* para el más vivo;
y hasta atracarles un chivo
sin dejarlos maliciar.

Cargaba bien una taba
3200 porque la sé manejar;
no era manco en el billar,
y por fin de lo que esplico
digo que hasta con pichicos
era capaz de jugar.

3205 Es un vicio de mal fin
el de jugar, no lo niego;
todo el que vive del juego
anda a la pesca de un bobo,
y es sabido que es un robo
3210 ponerse a jugarle a un ciego.

Y esto digo claramente
porque he dejao de jugar,
y les puedo asigurar,
como que fui del oficio:
3215 más cuesta aprender un vicio
que aprender a trabajar.

XXIII

Un nápoles mercachifle
que andaba con un arpista
cayó también en la lista
3220 sin dificultá ninguna;
lo agarré a la treinta y una
y le daba bola vista.

Se vino haciendo el chiquito,
por sacarme esa ventaja;
3225 en el pantano se encaja,
aunque robo se le hacía:
lo cegó Santa Lucía
y desocupó las cajas.

Lo hubiera visto afligido
3230 llorar por las chucherías.
—«Ma gañao con picardía»—
decía el gringo y lagrimiaba,
mientras yo en un poncho alzaba
todita su merchería.

3235 Quedó allí aliviao del peso,
sollozando sin consuelo;
había caído en el anzuelo
tal vez porque era domingo,
y esa calidá de gringo
3240 no tiene santo en el cielo.

Pero poco aproveché
de fatura tan lucida:
el diablo no se descuida,
y a mí me seguía la pista
3245 un ñato muy enredista
que era oficial de partida.

Se me presentó a esigir
la multa en que había incurrido,
que el juego estaba prohibido,
3250 que iba a llevarme al cuartel.
Tube que partir con él
todo lo que había alquirido.

Empecé a tomarlo entre ojos
por esa albitrariedá.
3255 Yo había ganao, es verdá,
con recursos, eso sí:
pero él me ganaba a mí
fundao en su autoridá.

Decían que por un delito
3260 mucho tiempo andubo mal;

un amigo servicial,
lo compuso con el juez,
y poco tiempo después
lo pusieron de oficial.

3265 En recorrer el partido
continuamente se empleaba,
ningún malevo agarraba,
pero traía en un carguero
gallinas, pavos, corderos
3270 que por ay recoletaba.

No se debía permitir
el abuso a tal estremo.
Mes a mes hacía lo mesmo,
y ansí decía el vecindario:
3275 —«Este ñato perdulario
ha resucitao el diezmo.»

La echaba de guitarrero
y hasta de concertador.
Sentao en el mostrador
3280 lo hallé una noche cantando
y le dije: —«Co... mo.... quiando
con ganas de oír un cantor.»

Me echó el ñato una mirada
que me quiso devorar;
3285 mas no dejó de cantar
y se hizo el desentendido;
pero ya había conocido
que no lo podía pasar.

Una tarde que me hallaba
3290 de visita... vino el ñato,
y para darle un mal rato
dije fuerte: —«Ña... to... ribia,

no cebe con la agua tibia.»
Y me la entendió el mulato.

3295   Era él todo en el juzgao,
y como que se achocó,
ay no más me contestó:
—«Cuando el caso se presiente
te he de hacer tomar caliente
3300 y has de saber quién soy yo.»

    Por causa de una mujer
se enredó más la cuestión:
le tenía el ñato afición,
ella era mujer de ley,
3305 moza con cuerpo de güey,
muy blanda de corazón.

    La hallé una vez de amasijo,
estaba hecha un embeleso,
y le dije: —«Me intereso
3310 en aliviar sus quehaceres,
y ansí, señora, si quiere,
yo le arrimaré los güesos.»

    Estaba el ñato presente,
sentado como de adorno.
3315 Por evitar un trastorno,
ella, al ver que se dijusta,
me contestó: —«Si usté gusta,
arrímelos junto al horno.»

    Ay se enredó la madeja
3320 y su enemistá conmigo;
se declaró mi enemigo,
y por aquel cumplimiento
ya sólo buscó un momento
de hacerme dar un castigo.

3325   Yo veía que aquel maldito
          me miraba con rencor,
          buscando el caso mejor
          de poderme echar el pial;
          y no vive más el lial
3330   que lo que quiere el traidor.

        No hay matrero que no caiga,
          ni arisco que no se amanse.
          Ansí, yo, dende aquel lance
          no salía de algún rincón,
3335   tirao como el San Ramón
          después que se pasa el trance.

XXIV

        Me le escapé con trabajo
          en diversas ocasiones;
          era de los adulones;
3340   me puso mal con el juez;
          hasta que al fin una vez
          me agarró en las eleciones.

        Ricuerdo que esa ocasión
          andaban listas diversas;
3345   las opiniones dispersas
          no se podían arreglar;
          decían que el juez, por triunfar,
          hacía cosas muy perversas.

        Cuando se riunió la gente
3350   vino a ploclamarla el ñato,
          diciendo con aparato
          que todo andaría muy mal
          si pretendía cada cual
          votar por un candilato.

3355   Y quiso al punto quitarme
la lista que yo llevé;
mas yo se la mesquiné
y ya me gritó: «Anarquista,
has de votar por la lista
3360 que ha mandao el Comiqué.»

    Me dio vergüenza de verme
tratado de esa manera;
y como si uno se altera
ya no es fácil de que ablande,
3365 le dije: —«Mande el que mande,
yo he de votar por quien quiera.

    En las carpetas de juego
y en la mesa eletoral,
a todo hombre soy igual.
3370 Respeto al que me respeta;
pero el naipe y la boleta
naides me lo ha de tocar.»

    Ay no más ya me cayó
a sable la polecía,
3375 aunque era una picardía
me decidí a soportar,
y no los quise peliar,
por no perderme ese día.

    Atravesao me agarró
3380 y se aprovechó aquel ñato.
Dende que sufrí ese trato
no dentro donde no quepo.
Fi a ginetiar en el cepo
por cuestión de candilatos.

3385   Injusticia tan notoria
no la soporté de flojo.

Una venda de mis ojos
vino el suceso a voltiar:
vi que teníamos que andar
3390   como perro con tramojo.

        Desde aquellas eleciones
se siguió el batiburrillo.
Aquél se volvió un ovillo
del que no había ni noticia.
3395   ¡Es señora la justicia...
y anda en ancas del más pillo!

                        XXV

        Después de muy pocos días,
tal vez por no dar espera
y que alguno no se fuera,
3400   hicieron citar la gente,
pa riunir un contingente
y mandar a la frontera.

        Se puso arisco el gauchage;
la gente está acobardada;
3405   salió la partida armada
y trujo como perdices
unos cuantos infelices
que entraron en la voltiada.

        Decía el ñato con soberbia:
3410   —«Ésta es una gente indina;
yo los rodié a la sordina,
no pudieron escapar;
y llevaba orden de arriar
todito lo que camina.»

3415   Cuando vino el comendante

dijieron: —«Dios nos asista»—
llegó y les clavó la vista;
yo estaba haciéndome el sonzo.
Le echó a cada uno un responso
3420 y ya lo plantó en la lista.

    —«Cuadrate —le dijo a un negro—.
te estás haciendo el chiquito
cuando sos el más maldito
que se encuentra en todo el pago.
3425 Un servicio es el que te hago
y por eso te remito.»

A OTRO

    —«Vos no cuidás tu familia
ni le das los menesteres;
visitás otras mugeres,
3430 y es preciso, calabera,
que aprendás en la frontera
a cumplir con tus deberes.»

A OTRO

    —«Vos también sos trabajoso;
cuando es preciso votar
3435 hay que mandarte llamar
y siempre andás medio alzao;
sos un desubordinao
y yo te voy a filiar.»

A OTRO

    —«¿Cuánto tiempo hace que vos
3440 andás en este partido?
¿Cuántas veces has venido
a la citación del juez?

236

No te he visto ni una vez,
has de ser algún perdido.»

A OTRO

3445 —«Éste es otro barullero
que pasa en la pulpería
predicando noche y día
y anarquizando a la gente.
Irás en el contingente
3450 por tamaña picardía.»

A OTRO

«Dende la anterior remesa
vos andás medio perdido;
la autoridá no ha podido
jamás hacete votar;
3455 cuanto te mandan llamar
te pasas a otro partido.»

A OTRO

—«Vos siempre andás de florcita,
no tenés renta ni oficio;
3460 no has hecho ningún servicio,
no has votado ni una vez.
Marchá... para que dejés
de andar haciendo perjuicio.»

A OTRO

—«Dame vos tu papeleta,
yo te la voy a tener.
3465 Ésta queda en mi poder,
después la recogerás,
y ansí si te resertás
todos te pueden prender.»

—«Vos, porque sos ecetuao,
3470   ya te querés sulevar;
no vinistes a votar
cuando hubieron eleciones,
no te valdrán eseciones,
yo te voy a enderezar.»

————————

3475   Y a éste por este motivo,
y a otro por otra razón,
toditos, en conclusión,
sin que escapara ninguno,
fueron pasando uno a uno
3480   a juntarse en un rincón.

Y allí las pobres hermanas,
las madres y las esposas
redamaban cariñosas
sus lágrimas de dolor;
3485   pero gemidos de amor
no remedian estas cosas.

Nada importa que una madre
se desespere o se queje;
que un hombre a su mujer deje
3490   en el mayor desamparo:
hay que callarse o es claro
que lo quiebran por el eje.

Dentran después a empeñarse
con este o aquel vecino;
3495   y como en el masculino
el que menos corre, vuela,
deben andar con cautela,
las pobres, me lo imagino.

238

        Muchas al juez acudieron
3500   por salvar de la jugada;
        él les hizo una cuerpiada,
        y por mostrar su inocencia,
        les dijo: —«Tengan pacencia,
        pues yo no puedo hacer nada.»

3505   Ante aquella autoridá
        permanecían suplicantes;
        y después de hablar bastante:
        —«Yo me lavo —dijo el juez—
        como Pilato lo pies:
3510   esto lo hace el comendante.»

        De ver tanto desamparo
        el corazón se partía,
        había madre que salía
        con dos, tres hijos o más,
3515   por delante y por detrás,
        y las maletas vacías.

        ¿Dónde irán, pensaba yo,
        a perecer de miseria?
        Las pobres, si de esta feria
3520   hablan mal, tienen razón,
        pues hay bastante materia
        para tan justa aflición.

                    XXVI

        Cuando me llegó mi turno,
        dige entre mí: «Ya me toca.»
3525   Y aunque mi falta era poca,
        no sé por qué me asustaba.
        Les asiguro que estaba
        con el Jesús en la boca.

Me dijo que yo era un vago,
3530 un jugador, un perdido;
que dende que fi al partido
andaba de picaflor;
que había de ser un bandido.
Como mi ante sucesor.

3535 Puede que uno tenga un vicio
y que de él no se reforme;
mas naides está conforme
con recebir ese trato.
Y conocí que era el ñato
3540 quien le había dao los informes.

Me dentró curiosidá
al ver que de esa manera
tan siguro me dijera
que fue mi padre un bandido;
3545 luego, lo había conocido
y yo inoraba quién era.

Me empeñé en aviriguarlo,
promesas hice a Jesús;
tube por fin una luz,
3550 y supe con alegría
que era el autor de mis días
el guapo sargento Cruz.

Yo conocía bien su historia
y la tenía muy presente.
3555 Sabía que Cruz bravamente,
yendo con una partida,
había jugado la vida
por defender a un valiente.

Y hoy ruego a mi Dios piadoso
3560 que lo mantenga en su gloria.
Se ha de conservar su historia

en el corazón del hijo.
Él al morir me bendijo:
yo bendigo su memoria.

3565   Yo juré tener enmienda
y lo conseguí de veras.
Puedo decir ande quiera
que si faltas he tenido,
de todas me he corregido
3570   dende que supe quién era.

      El que sabe ser buen hijo,
a los suyos se parece;
y aquel que a su lado crece
y a su padre no hace honor,
3575   como castigo merece
de la desdicha el rigor.

      Con un empeño costante
mis faltas supe enmendar.
Todo conseguí olvidar;
3580   pero, por desgracia mía,
el nombre de *Picardía*
no me lo pude quitar.

      Aquel que tiene buen nombre
muchos disgustos ahorra;
3585   y entre tanta mazamorra
no olviden esta alvertencia:
aprendí por esperencia
que el mal nombre no se borra.

XXVII

      He servido en la frontera,
3590   en un cuerpo de milicias;

no por razón de justicia,
como sirve cualesquiera.

La bolilla me tocó
de ir a pasar malos ratos
3595 por la facultá del ñato
que tanto me persiguió.

Y sufrí en aquel infierno
esa dura penitencia
por una malaquerencia
3600 de un oficial subalterno.

No repetiré las quejas
de lo que se sufre allá;
son cosas muy dichas ya
y hasta olvidadas de viejas.

3605 Siempre el mesmo trabajar
siempre el mesmo sacrificio
es siempre el mesmo servicio,
y el mesmo nunca pagar.

Siempre cubiertos de harapos,
3610 siempre desnudos y pobres;
nunca le pagan un cobre
ni le dan jamás un trapo.

Sin sueldo y sin uniforme
lo pasa uno aunque sucumba
3615 confórmese con la tumba
y si no... no se conforme.

Pues si usted se ensoberbece
o no anda muy voluntario
le aplican un novenario
3620 de estacas... que lo enloquecen.

Andan como pordioseros
sin que un peso los alumbre,
porque han tomao la costumbre
de deberle años enteros.

3625   Siempre hablan de lo que cuesta,
que allá se gasta un platal,
pues yo no he visto ni un rial
en lo que duró la fiesta.

Es servicio estraordinario
3630   bajo el fusil y la vara,
sin que sepamos qué cara
le ha dao Dios al comisario.

Pues si va a hacer la revista,
se vuelve como una bala.
3635   Es lo mesmo que luz mala
para perderse de vista.

Y de yapa, cuando va,
todo parece estudiao:
va con meses atrasaos
3640   de gente que ya no está.

Pues ni adrede que lo hagan,
podrán hacerlo mejor;
cuando cai, cai con la paga
del contingente anterior.

3645   Porque son como sentencia
para buscar al ausente,
y el pobre que está presente
que perezca en la endigencia.

Hasta que tanto aguantar
3650   el rigor con que lo tratan,

o se resierta o lo matan,
o lo largan sin pagar.

De ese modo es el pastel,
porque el gaucho..., ya es un hecho,
3655 no tiene ningún derecho,
ni naides vuelve por él.

La gente vive marchita.
¡Si viera cuando echan tropa!
Les vuela a todos la ropa
3660 que parecen banderitas.

De todos modos lo cargan,
y al cabo de tanto andar,
cuando lo largan, lo largan
como pa echarse a la mar.

3665 Si alguna prenda le han dao,
se la vuelven a quitar,
poncho, caballo, recao,
todo tiene que dejar.

Y esos pobres infelices,
3670 al volver a su destino,
salen como unos Longinos
sin tener con qué cubrirse.

A mí me daba congojas
el mirarlos de ese modo,
3675 pues el más aviao de todos
es un peregil sin hojas.

Ahora poco ha sucedido,
con un invierno tan crudo,
largarlos a pie y desnudos
3680 pa volver a su partido.

Y tan duro es lo que pasa,
que en aquella situación
les niegan un mancarrón
para volver a su casa.

3685   ¡Lo tratan como a un infiel!
Completan su sacrificio
no dándole ni un papel
que acredite su servicio.

    Y tiene que regresar
3690   más pobre de lo que jue,
por supuesto, a la mercé
del que lo quiere agarrar.

    Y no averigüe despúes
de los bienes que dejó:
3695   de hambre, su mujer vendió
por dos lo que vale diez.

    Y como están convenidos
a jugarle manganeta,
a reclamar no se meta,
3700   porque ése es tiempo perdido.

    Y luego, si a alguna estancia
a pedir carne se arrima,
al punto le cain encima
con la ley de la vagancia,

3705   Y ya es tiempo, pienso yo,
de no dar más contingente.
Si el gobierno quiere gente,
que la pague, y se acabó.

    Y saco ansí, en conclusión,
3710   en medio de mi inorancia,

que aquí el nacer en estancia
es como una maldición.

Y digo, aunque no me cuadre
decir lo que naides dijo:
3715 La Provincia es una madre
que no defiende a sus hijos.

Mueren en alguna loma
en defensa de la ley,
o andan lo mesmo que el güey,
3720 arando pa que otros coman.

Y he de decir ansimismo,
porque de adentro me brota,
que no tiene patriotismo
quien no cuida al compatriota.

XXVIII

3725 Se me va por dondequiera
esta lengua del demonio.
Voy a darles testimonio
de lo que vi en la frontera.

Yo sé que el único modo
3730 a fin de pasarlo bien
es decir a todo amén
y jugarle risa a todo.

El que no tiene colchón,
en cualquier parte se tiende.
3735 El gato busca el jogón
y ése es mozo que lo entiende.

De aquí comprenderse debe,
aunque yo hable de este modo,

que uno busca su acomodo
3740 siempre lo mejor que puede.

Lo pasaba como todos
este pobre penitente,
pero salí de asistente
y mejoré en cierto modo.

3745 Pues aunque esas privaciones
causen desesperación,
siempre es mejor el jogón
de aquel que carga galones.

De entonces en adelante
3750 algo logré mejorar,
pues supe hacerme lugar
al lado del ayudante.

Él se daba muchos aires;
pasaba siempre leyendo;
3755 decían que estaba aprendiendo
pa recebirse de fraile.

Aunque lo pifiaban tanto,
jamás lo vi dijustao;
tenía los ojos paraos
3760 como los ojos de un santo.

Muy delicao —dormía en cuja—
y no sé por qué sería,
la gente lo aborrecía
y le llamaban la *Bruja*.

3765 Jamás hizo otro servicio
ni tubo más comisiones
que recebir las raciones
de víveres y de vicios.

Yo me pasé a su jogón
3770 al punto que me sacó,
y ya con él me llevó
a cumplir su comisión.

Estos diablos de milicos
de todo sacan partido.
3775 Cuando nos vían riunidos
se limpiaban los hocicos

Y decían en los jogones,
como por chocarrería:
«Con la *Bruja* y *Picardía*
3780 van a andar bien las raciones.»

A mí no me jue tan mal,
pues mi oficial se arreglaba;
les diré lo que pasaba
sobre este particular.

3785 Decían que estaban de acuerdo
la *Bruja* y el provedor,
y que recebía lo pior...
Puede ser, pues no era lerdo.

Que a más en la cantidá
3790 pegaba otro dentellón
y que por cada ración
le entregaban la mitá.

Y que esto lo hacía del modo
como lo hace un hombre vivo:
3795 firmando luego el recibo,
ya se sabe, por el todo.

Pero esas murmuraciones
no faltan en campamento.

Déjenme seguir mi cuento
3800   o historia de las raciones.

La *Bruja* los recebía,
como se ha dicho, a su modo;
las cargábamos y todo
se entriega en la mayoría,

3805   Sacan allí en abundancia
lo que les toca sacar,
y es justo que han de dejar
otro tanto de ganancia.

Van luego a la compañía,
3810   las recibe el comendante,
el que de un modo abundante
sacaba cuanto quería.

Ansí, la cosa liviana
va mermada por supuesto;
3815   luego, se le entrega el resto
al oficial de semana.

—Araña, ¿quién te arañó?
—Otra araña como yo.

Éste le pasa al sargento
3820   aquello tan reducido,
y como hombre prevenido
saca siempre con aumento.

Esta relación no acabo
si otra menudencia ensarto.
3825   El sargento llama al cabo
para entregarle el reparto.

Él también saca primero
y no se sabe turbar:

naides le va aviriguar
3830 si ha sacado más o menos.

      Y sufren tanto bocao
y hacen tantas estaciones,
que ya casi no hay raciones
cuando llegan al soldao.

3835   ¡Todo es como pan bendito!
Y sucede de ordinario
tener que juntarse varios
para hacer un pucherito.

      Dicen que las cosas van
con arreglo a la ordenanza.
3840 ¡Puede ser! pero no alcanzan:
¡Tan poquito es lo que dan!

      Algunas veces yo pienso,
y es muy justo que lo diga:
3845 sólo llegaban las migas
que habían quedao en los lienzos.

      Y esplican aquel infierno,
en que uno está medio loco,
diciendo que dan tan poco
3850 porque no paga el Gobierno.

      Pero eso yo no lo entiendo,
ni aviriguarlo me meto;
soy inorante completo;
nada olvido y nada apriendo.

3855   Tiene uno que soportar
el tratamiento más vil:
a palos en lo civil,
a sable en lo militar.

El vistuario es otro infierno:
3860 si lo dan, llega a sus manos
en invierno el de verano
y en el verano el de invierno.

Y yo el motivo no encuentro
ni la razón que esto tiene;
3865 mas dicen que eso ya viene
arreglado dende adentro.

Y es necesario aguantar
el rigor de su destino:
el gaucho no es argentino
3870 sino pa hacerlo matar.

Ansí ha de ser, no lo dudo,
y por eso decía un tonto:
«Si los han de matar pronto,
mejor es que estén desnudos.»

3875 Pues esa miseria vieja
no se remedia jamás;
todo el que viene detrás
como la encuentra la deja.

Y se hallan hombres tan malos
3880 que dicen de buena gana:
«El gaucho es como la lana:
se limpia y compone a palos.»

Y es forzoso el soportar
aunque la copa se enllene.
3885 Parece que el gaucho tiene
algún pecao que pagar.

XXIX

Esto contó *Picardía*
y después guardó silencio,
mientras todos celebraban
3890 con placer aquel encuentro.
Mas una casualidá,
como que nunca anda lejos,
entre tanta gente blanca
llevó también a un moreno
3895 presumido de cantor
y que se tenía por bueno.

Y como quien no hace nada
o se descuida de intento
(pues siempre es muy conocido
3900 todo aquel que busca pleito),
se sentó con toda calma,
echó mano al estrumento
y ya le pegó un rajido.

Era fantástico el negro,
3905 y para no dejar dudas
medio se compuso el pecho.
Todo el mundo conoció
la intención de aquel moreno:
era claro el desafío
3910 dirigido a Martín Fierro,
hecho con toda arrogancia,
de un modo muy altanero.

Tomó Fierro la guitarra
—pues siempre se halla dispuesto—
3915 y así cantaron los dos,
en medio de un gran silencio:

XXX

MARTÍN FIERRO

Mientras suene el encordao
mientras encuentre el compás
yo no he de quedarme atrás
3920   sin defender la parada,
y he jurado que jamás
me la han de llevar robada.

Atiendan, pues, los oyentes
y cáyensen los mirones.
3925   A todos pido perdones,
pues a la vista resalta
que no está libre de falta
quien no está de tentaciones.

A un cantor le llaman bueno
3930   cuando es mejor que los piores;
y sin ser de los mejores,
encontrándose dos juntos,
es deber de los cantores
el cantar de contrapunto.

3935   El hombre debe mostrarse
cuando la ocasión le llegue.
Hace mal el que se niegue
dende que lo sabe hacer,
y muchos suelen tener
3940   vanagloria en que los rueguen.

Cuando mozo fui cantor.
Es una cosa muy dicha.
Mas la suerte se encapricha
y me persigue costante;
3945   de ese tiempo en adelante
canté mis propias desdichas.

Y aquellos años dichosos
trataré de recordar;
veré si puedo olvidar
3950   tan desgraciada mudanza.
Y quien se tenga confianza
tiemple y vamos a cantar.

Tiemple y cantaremos juntos.
Trasnochadas no acobardan.
3955   Los concurrentes aguardan,
y por que el tiempo no pierdan,
haremos gemir las cuerdas
hasta que las velas no ardan.

Y el cantor que se presiente,
3960   que tenga o no quien lo ampare,
no espere que yo dispare,
aunque su saber sea mucho.
Vamos en el mesmo pucho
a prenderle hasta que aclare.

3965   Y seguiremos si gusta
hasta que se vaya el día.
Era la costumbre mía
cantar las noches enteras.
Había entonces dondequiera
3970   cantores de fantasía.

Y si alguno no se atreve
a seguir la caravana,
o si cantando no gana,
se lo digo sin lisonja:
3975   haga sonar una esponja
o ponga cuerdas de lana.

       Yo no soy, señores míos,
       sino un pobre guitarrero;
       pero doy gracias al cielo
3980   porque puedo en la ocasión
       toparme con un cantor
       que esperimente a este negro.

       Yo también tengo algo blanco,
       pues tengo blancos los dientes;
3985   sé vivir entre las gentes
       sin que me tengan en menos:
       quien anda en pagos agenos
       debe ser manso y prudente.

       Mi madre tuvo diez hijos,
3990   los nueve muy regulares,
       tal vez por eso me ampare
       la Providencia divina:
       en los güevos de gallina
       el décimo es el más grande.

3995   El negro es muy amoroso,
       aunque de esto no hace gala;
       nada a su cariño iguala
       ni a su tierna voluntá;
       es lo mesmo que el macá:
4000   cría los hijos bajo el ala.

       Pero yo he vivido libre
       y sin depender de naides;
       siempre he cruzado a los aires
       como el pájaro sin nido;
4005   cuanto sé lo he aprendido
       porque me lo enseñó un flaire.

Y sé como cualquier otro
el porqué retumba el trueno,
por qué son las estaciones
4010   del verano y del invierno;
sé también de dónde salen
las aguas que cain del cielo.

Yo sé lo que hay en la tierra
en llegando al mesmo centro;
4015   en dónde se encuentra el oro,
en dónde se encuentra el fierro,
y en dónde viven bramando
los volcanes que echan juego.

Yo sé del fondo del mar
4020   donde los pejes nacieron;
yo sé por qué crece el árbol,
y por qué silvan los vientos.
Cosas que inoran los blancos
las sabe este pobre negro.

4025   Yo tiro cuando me tiran,
cuando me aflojan, aflojo.
No se ha de morir de antojo
quien me convide a cantar:
para conocer a un cojo
4030   lo mejor es verlo andar.

Y si una falta cometo
en venir a esta riunión
echándola de cantor
pido perdón en voz alta,
4035   pues nunca se halla una falta
que no esista otra mayor.

De lo que un cantor esplica
no falta qué aprovechar,

y se le debe escuchar
4040　aunque sea negro el que cante:
　　　apriende el que es inorante,
　　　y el que es sabio, apriende más.

　　　Bajo la frente más negra
　　　hay pensamiento y hay vida;
4045　la gente escuche tranquila,
　　　no me haga ningún reproche:
　　　también es negra la noche
　　　y tiene estrellas que brillan.

　　　Estoy, pues, a su mandao;
4050　empiece a echarme la sonda
　　　si gusta que le responda
　　　aunque con lenguaje tosco;
　　　en leturas no conozco
　　　la jota por ser redonda.

MARTÍN FIERRO

4055　　¡Ah negro!, si sos tan sabio
　　　no tengás ningún recelo;
　　　pero has tragao el anzuelo,
　　　y al compás del estrumento,
　　　has de decirme al momento
4060　cuál es el canto del cielo.

EL MORENO

　　　Cuentan que de mi color
　　　Dios hizo al hombre primero;
　　　mas los blancos altaneros,
　　　los mesmos que lo convidan,
4065　hasta de nombrarlo olvidan,
　　　y sólo lo llaman negro.

Pinta el blanco negro al diablo,
y el negro blanco lo pinta.
Blanca la cara o retinta,
4070 no habla en contra ni en favor:
de los hombres el Criador
no hizo dos clases distintas.

Y después de esta advertencia
que al presente viene al pelo,
4075 veré, señores, si puedo
sigún mi escaso saber,
con claridá responder
cuál es el canto del cielo.

Los cielos lloran y cantan
4080 hasta en el mayor silencio;
lloran al cair el rocío,
cantan al silbar los vientos,
lloran cuando cain las aguas,
cantan cuando brama el trueno.

MARTÍN FIERRO

4085 Dios hizo al blanco y al negro
sin declarar los mejores;
les mandó iguales dolores
bajo de una mesma cruz;
mas también hizo la luz
4090 pa distinguir los colores.

Ansí, ninguno se agravie;
no se trata de ofender;
a todo se ha de poner
el nombre con que se llama,
4095 y a naides le quita fama,
lo que recibió al nacer.

Y ansí me gusta un cantor
que no se turba ni yerra;
y si en su saber se encierra
4100   el de los sabios projundos,
decime cuál en el mundo
es el canto de la tierra.

EL MORENO

Es pobre mi pensamiento,
es escasa mi razón;
4105   mas pa dar contestación
mi inorancia no me arredra:
también da chispas la piedra
si la golpea el eslabón.

Y le daré una respuesta
4110   sigún mis pocos alcances:
forman un canto en la tierra
el dolor de tanta madre,
el gemir de los que mueren
y el llorar de los que nacen.

MARTÍN FIERRO

4115   Moreno, alvierto que trais
bien dispuesta la garganta.
Sos varón, y que no me espanta
verte hacer esos primores.
En los pájaros cantores
4120   sólo el macho es el que canta.

Y ya que al mundo vinistes
con el sino de cantar,
no te vayas a turbar,

no te agrandes ni te achiques;
4125   es preciso que me espliques
cuál es el canto del mar.

A los pájaros cantores
ninguno imitar pretiende.
De un don que de otro depende
4130   naides se debe alabar,
pues la urraca apriende hablar,
pero sólo la hembra apriende.

Y ayúdame, ingenio mío,
para ganar esta apuesta.
4135   Mucho el contestar me cuesta,
pero debo contestar.
Voy a decirle en respuesta
cuál es el canto del mar.

Cuando la tormenta brama,
4140   el mar, que todo lo encierra,
canta de un modo que aterra.
Como si el mundo temblara,
parece que se quejara
de que lo estreche la tierra.

4145   Toda tu sabiduría
has de mostrar esta vez;
ganarás sólo que estés
en vaca con algún santo:
la noche tiene su canto
4150   y me has de decir cuál es.

No galope, que hay augeros,
le dijo a un guapo un prudente.
Le contesto humildemente:
la noche por cantos tiene
4155   esos ruidos que uno siente
sin saber de dónde vienen.

Son los secretos misterios
que las tinieblas esconden;
son los ecos que responden
4160   a la voz del que da un grito,
como un lamento infinito
que viene no sé de dónde.

A las sombras sólo el sol
las penetra y las impone.
4165   En distintas direciones
se oyen rumores inciertos:
son almas de los que han muerto,
que nos piden oraciones.

MARTÍN FIERRO

Moreno, por tus respuestas
4170   ya te aplico el cartabón,
pues tenés desposición
y sos estruido de yapa.
Ni las sombras se te escapan
para dar esplicación.

4175   Pero cumple su deber
el leal diciendo lo cierto,
y por lo tanto te alvierto
que hemos de cantar los dos,

dejando en la paz de Dios
4180   las almas de los que han muerto.

Y el consejo del prudente
no hace falta en la partida.
Siempre ha de ser comedida
la palabra de un cantor.
4185   Y aura quiero que me digas
de dónde nace el amor.

EL MORENO

A pregunta tan escura
trataré de responder,
aunque es mucho pretender
4190   de un pobre negro de estancia;
mas conocer su inorancia
es principio del saber.

Ama el pájaro en los aires
que cruza por dondequiera,
4195   y si al fin de su carrera
se asienta en alguna rama,
con su alegre canto llama
a su amante compañera.

La fiera ama en su guarida,
4200   de la que es rey y señor;
alli lanza con furor
esos bramidos que espantan,
porque las fieras no cantan;
las fieras braman de amor.

4205   Ama en el fondo del mar
el pez de lindo color;
ama el hombre con ardor,

ama todo cuanto vive.
De Dios vida se recibe,
4210 y donde hay vida hay amor.

MARTÍN FIERRO

Me gusta, negro ladino,
lo que acabás de esplicar.
Ya te empiezo a respetar,
aunque al principio me reí,
4215 y te quiero preguntar
lo que entendés por la ley.

EL MORENO

Hay muchas dotorerías
que yo no puedo alcanzar.
Dende que aprendí a inorar,
4220 de ningún saber me asombro;
mas no ha de llevarme al hombro
quien me convide a cantar.

Yo no soy cantor ladino
y mi habilidá es muy poca;
4225 mas cuando cantar me toca
me defiendo en el combate,
porque soy como los mates:
sirvo si me abren la boca.

Dende que elige a su gusto,
4230 lo más espinoso elige:
pero esto poco me aflige,
y le contesto a mi modo:
la ley se hace para todos,
mas sólo al pobre le rige.

4235   La ley es tela de araña.
En mi inorancia lo esplico:
no la tema el hombre rico,
nunca la tema el que mande,
pues la ruempe el bicho grande
4240   y sólo enrieda a los chicos.

Es la ley como la lluvia:
nunca puede ser pareja,
el que la aguanta se queja.
Pero el asunto es sencillo,
4245   la ley es como el cuchillo:
no ofiende a quien lo maneja.

Le suelen llamar espada.
Y el nombre le viene bien:
los que la gobiernan ven
4250   a dónde han de dar el tajo:
le cai al que se halla abajo
y corta sin ver a quién.

Hay muchos que son dotores,
y de su cencia no dudo;
4255   mas yo soy un negro rudo,
y aunque de esto poco entiendo,
estoy diariamente viendo
que aplican la del embudo.

MARTÍN FIERRO

Moreno, vuelvo a decirte:
4260   ya conozco tu medida;
has aprovechado la vida
y me alegro de este encuentro.
Ya veo que tenés adentro
capital pa esta partida.

4265   Y aura te voy a decir,
porque en mi deber está,
y hace honor a la verdá
quien a la verdá se duebla,
que sos por juera tinieblas
4270   y por dentro claridá.

No ha de decirse jamás
que abusé de tu paciencia:
y en justa correspondencia
si algo querés preguntar,
4275   podés al punto empezar
pues ya tenés mi licencia.

EL MORENO

No te trabes, lengua mía,
no te vayas a turbar.
Nadie acierta antes de errar,
4280   y aunque la fama se juega
el que por gusto navega
no debe temerle al mar.

Voy a hacerle mis preguntas,
ya que a tanto me convida,
4285   y vencerá en la partida
si una esplicación me da
sobre el tiempo y la medida
el peso y la cantidá.

Suya será la vitoria
4290   si es que sabe contestar.
Se lo debo declarar
con claridá, no se asombre,
pues hasta aura ningún hombre
me lo ha sabido esplicar.

4295   Quiero saber y lo inoro,
pues en mis libros no está,
y su respuesta vendrá
a servirme de gobierno:
para qué fin el Eterno
4300   ha criado la cantidá.

MARTÍN FIERRO

Moreno, te dejas cair
como carancho en su nido.
Ya veo que sos prevenido,
mas también estoy dispuesto.
4305   Veremos si te contesto
y si te das por vencido.

Uno es el sol, uno el mundo,
sola y única es la luna.
Ansí, han de saber que Dios
4310   no crió cantidá ninguna.
El ser de todos los seres
sólo formó la unidá;
lo demás lo ha criado el hombre
después que aprendió a contar

EL MORENO

4315   Veremos si a otra pregunta
da una respuesta cumplida:
el ser que ha criado la vida
lo ha de tener en su archivo,
mas yo ignoro qué motivo
4320   tuvo al formar la medida.

Escuchá con atención
lo que en mi inorancia arguyo:
la medida la inventó
el hombre para bien suyo.
4325   Y la razón no te asombre
pues es fácil presumir:
Dios no tenía que medir
sino la vida del hombre.

EL MORENO

Si no falla su saber
4330   por vencedor lo confieso.
Debe aprender todo eso
quien a cantar se dedique.
Y aura quiero que me esplique
lo que significa el peso.

MARTÍN FIERRO

4335   Dios guarda entre sus secretos
el secreto que eso encierra,
y mandó que todo peso
cayera siempre a la tierra;
y sigún compriendo yo,
4340   dende que hay bienes y males,
fue el peso para pesar
las culpas de los mortales.

EL MORENO

Si responde a esta pregunta
4345   tengase por vencedor.

Doy la derecha al mejor
y respóndame al momento:
¿Cuándo formó Dios el tiempo
y por qué lo dividió?

MARTÍN FIERRO

Moreno, voy a decir
4350   según mi saber alcanza:
el tiempo sólo es tardanza
de lo que está por venir;
no tuvo nunca principio
ni jamás acabará.

4355   Porque el tiempo es una rueda,
y rueda es eternidá,
y si el hombre lo divide
sólo lo hace, en mi sentir,
por saber lo que ha vivido
4360   o le resta que vivir.

Ya te he dado mis respuestas,
mas no gana quien despunta;
si tenés otra pregunta
o de algo te has olvidao,
4365   siempre estoy a tu mandao
para sacarte de dudas.

No procedo por soberbia
ni tampoco por jatancia,
mas no ha de faltar costancia
4370   cuando es preciso luchar,
y te convido a cantar
sobre cosas de la estancia.

Ansí prepará, moreno,
cuanto tu saber encierre;

4375 y sin que tu lengua yerre,
  me has de decir lo que empriende
  el que del tiempo depende
  en los meses que train erre.

EL MORENO

  De la inorancia de naides
4380 ninguno debe abusar;
  y aunque me puede doblar
  todo el que tenga más arte,
  no voy a ninguna parte
  a dejarme machetiar.

4385 He reclarao que en leturas
  soy redondo como jota.
  No avergüence mi redota,
  pues con claridá le digo:
  no me gusta que conmigo
4390 naides juegue a la pelota.

  Es buena ley que el más lerdo
  debe perder la carrera.
  Ansí le pasa a cualquiera
  cuando en competencia se halla
4395 un cantor de media talla
  con otro de talla entera.

  ¿No han visto en medio del campo
  al hombre que anda perdido,
  dando güeltas aflijido
4400 sin saber dónde rumbiar?
  Ansí le suele pasar
  a un pobre cantor vencido.

  También los árboles crugen
  si el ventarrón los azota.

4405   Y si aquí mi queja brota
        con amargura, consiste
        en que es muy larga y muy triste
        la noche de la redota.

        Y dende hoy en adelante
4410   pongo de testigo al cielo
        para decir sin recelo
        que si mi pecho se inflama
        no cantaré por la fama
        sino por buscar consuelo.

4415   Vive ya desesperado
        quien no tiene qué esperar.
        A lo que no ha de durar
        ningún cariño se cobre:
        alegrías en un pobre
4420   son anuncios de un pesar.

        Y este triste desengaño
        me durará mientras viva.
        Aunque un consuelo reciba
        jamás he de alzar el vuelo:
4425   quien no nace para el cielo,
        de valde es que mire arriba.

        Y suplico a cuantos me oigan
        que me permitan decir
        que al decidirme a venir
4430   no sólo jue por cantar,
        sino porque tengo a más
        otro deber que cumplir.

        Ya saben que de mi madre
        fueron diez los que nacieron;
4435   mas ya no existe el primero
        y más querido de todos:

murió, por injustos modos,
a manos de un pendenciero.

4440   Los nueve hermanos restantes
como güérfanos quedamos.
Dende entonces lo lloramos
sin consuelo, créanmelo,
y al hombre que lo mató,
nunca jamás lo encontramos.

4445   Y queden en paz los güesos
de aquel hermano querido.
A moverlos no he venido;
mas si el caso se presienta,
espero en Dios que esta cuenta
4450 se arregle como es debido.

    Y si otra ocasión payamos
para que esto se complete,
por mucho que lo respete
cantaremos, si le gusta,
4455 sobre las muertes injustas
que algunos hombres cometen.

    Y aquí, pues, señores míos,
diré, como en despedida,
que todavía andan con vida
4460 los hermanos del dijunto,
que recuerdan este asunto
y aquella muerte no olvidan.

    Y es misterio tan projundo
lo que está por suceder,
4465 que no me debo meter
a echarla aquí de adivino:
lo que decida el destino
después lo habrán de saber.

Al fin cerrastes el pico
4470 depués de tanto charlar.
Ya empezaba a maliciar,
al verte tan entonao,
que traías un embuchao
y no lo querías largar.

4475 Y ya que nos conocemos,
basta de conversación.
Para encontrar la ocasión
no tienen que darse priesa.
Ya conozco yo que empiesa
4480 otra clase de junción.

Yo no sé lo que vendrá:
tampoco soy adivino,
pero firme en mi camino
hasta el fin he de seguir:
4485 todos tienen que cumplir
con la ley de su destino.

Primero fue la frontera
por persecución de un juez;
los indios fueron después,
4490 y para nuevos estrenos
ahora son estos morenos
pa alivio de mi vejez.

La madre echó diez al mundo,
lo que cualquiera no hace;
4495 y tal vez de los diez pase
con iguales condiciones.
La mulita pare nones
todos de la mesma clase.

A hombre de humilde color
4500 nunca sé facilitar.
Cuando se llega a enojar
suele ser de mala entraña;
se vuelve como la araña
siempre dispuesta a picar.

4505 Yo he conocido a toditos
los negros más peliadores.
Había algunos superiores
de cuerpo y de vista... ¡ay juna!
si vivo, les daré una...
4510 historia de los mejores.

Mas cada uno ha de tirar
en el yugo en que se vea.
Yo ya no busco peleas,
las contiendas no me gustan;
4515 pero ni sombras me asustan
ni bultos que se menean.

La creía ya desollada,
mas todavía falta el rabo,
y por lo visto no acabo
4520 de salir de esta jarana.
Pues esto es lo que se llama
remachársele a uno el clavo.

XXXI

Y después de estas palabras,
que ya la intención revelan,
4525 procurando los presentes
que no se armara pendencia,
se pusieron de por medio
y la cosa quedó quieta.

Martín Fierro y sus muchachos,
4530 evitando la contienda,
montaron y, paso a paso,
como el que miedo no lleva,
a la costa de un arroyo
llegaron a echar pie a tierra.

4535 Desensillaron los pingos
y se sentaron en rueda,
refiriéndose entre sí
infinitas menudencias:
porque tiene muchos cuentos
4540 y muchos hijos la ausencia.

Allí pasaron la noche
a la luz de las estrellas,
porque ése es un cortinao
que lo halla uno dondequiera,
4545 y el gaucho sabe arreglarse
como ninguno se arregla.

El colchón son las caronas,
el lomillo es cabecera,
el coginillo es blandura,
4550 y con el poncho o la gerga,
para salvar del rocío,
se cubre hasta la cabeza.

Tiene su cuchillo al lado,
pues la precaución es buena;
4555 freno y rebenque a la mano,
y teniendo el pingo cerca,
que pa asigurarlo bien
la argolla del lazo entierra,
aunque el atar con el lazo
4560 da del hombre mala idea,
se duerme ansí muy tranquilo
todita la noche entera;
y si es lejos del camino,
como manda la prudencia,
4565 más siguro que en su rancho

uno ronca a pierna suelta.
Pues en el suelo no hay chinches,
y es una cuja camera
que no ocasiona disputas
4570 y que naides se la niega.
Además de eso, una noche
la pasa uno como quiera,
y las va pasando todas
haciendo la mesma cuenta.

4575 Y luego, los pajaritos,
al aclarar lo dispiertan,
porque el sueño no lo agarra
a quien sin cenar se acuesta.
Ansí, pues, aquella noche
4580 jue para ellos una fiesta,
pues todo parece alegre
cuando el corazón se alegra.

No pudiendo vivir juntos
por su estado de pobreza,
4585 resolvieron separarse,
y que cada cual se juera
a procurarse un refujio
que aliviara su miseria.
Y antes de desparramarse
4590 para empezar vida nueva,
en aquella soledá,
Martín Fierro, con prudencia,
a sus hijos y al de Cruz
les habló de esta manera:

XXXII

4595   Un padre que da consejos,
más que padre es un amigo.
Ansí, como tal les digo
que vivan con precaución:

275

naides sabe en qué rincón
4600 se oculta el que es su enemigo.

Yo nunca tuve otra escuela
que una vida desgraciada.
No estrañen si en la jugada
alguna vez me equivoco,
4605 pues debe saber muy poco
aquel que no aprendió nada.

Hay hombres que de su cencia
tienen la cabeza llena
hay sabios de todas menas;
4610 mas digo, sin ser muy ducho:
es mejor que aprender mucho
el aprender cosas buenas.

No aprovechan los trabajos
si no han de enseñarnos nada.
4615 El hombre, de una mirada
todo ha de verlo al momento.
El primer conocimiento
es conocer cuándo enfada.

Su esperanza no la cifren
4620 nunca en corazón alguno;
en el mayor infortunio
pongan su confianza en Dios;
de los hombres, sólo en uno;
con gran precaución, en dos.

4625 Las faltas no tienen límites
como tienen los terrenos;
se encuentran en los más buenos,
y es justo que les prevenga:
Aquel que defectos tenga,
4630 disimule los ajenos.

Al que es amigo, jamás
lo dejen en la estacada;
pero no le pidan nada
ni lo aguarden todo de él.
4635 Siempre el amigo más fiel
es una conduta honrada.

Ni el miedo ni la codicia
es bueno que a uno lo asalten.
Ansí, no se sobresalten
4640 por los bienes que perezcan.
Al rico nunca le ofrezcan
y al pobre jamás le falten.

Bien lo pasa hasta entre pampas
el que respeta a la gente.
4645 El hombre ha de ser prudente
para librarse de enojos;
cauteloso entre los flojos,
moderao entre valientes.

El trabajar es la ley
4650 porque es preciso alquirir.
No se espongan a sufrir
una triste situación:
sangra mucho el corazón
del que tiene que pedir.

4655 Debe trabajar el hombre
para ganarse su pan;
pues la miseria, en su afán
de perseguir de mil modos,
llama en la puerta de todos
4660 y entra en la del haragán.

A ningún hombre amenacen
porque naides se acobarda;

poco en conocerlo tarda
quien amenaza imprudente;
4665   que hay un peligro presente
y otro peligro se aguarda.

Para vencer un peligro,
salvar de cualquier abismo,
por esperencia lo afirmo:
4670   más que el sable y que la lanza
suele servir la confianza
que el hombre tiene en sí mismo.

Nace el hombre con la astucia
que ha de servirle de guía;
4675   sin ella sucumbiría;
pero sigún mi esperencia,
se vuelve en unos prudencia
y en los otros picardía.

Aprovecha la ocasión
4680   el hombre que el diligente;
y tenganló bien presente
si al compararla no yerro:
la ocasión es como el fierro:
se ha de machacar caliente.

4685   Muchas cosas pierde el hombre
que a veces las vuelve a hallar,
pero les debo enseñar
y es bueno que lo recuerden:
si la vergüenza se pierde,
4690   jamás se vuelve a encontrar.

Los hermanos sean unidos,
porque ésa es la ley primera;
tengan unión verdadera
en cualquier tiempo que sea,

4695   porque si entre ellos pelean
los devoran los de ajuera.

Respeten a los ancianos,
el burlarlos no es hazaña;
si andan entre gente estraña
4700   deben ser muy precabidos,
pues por igual es tenido
quien con malos se acompaña.

La cigüeña cuando es vieja
pierde la vista, y procuran
4705   cuidarla en su edá madura
todas sus hijas pequeñas.
Apriendan de las cigüeñas
este ejemplo de ternura.

Si les hacen una ofensa,
4710   aunque la echen en olvido,
vivan siempre prevenidos,
pues ciertamente sucede
que hablará muy mal de ustedes
aquel que los ha ofendido.

4715   El que obedeciendo vive
nunca tiene suerte blanda;
mas con su soberbia agranda
el rigor en que padece.
Obedezca el que obedece
4720   y será bueno el que manda.

Procuren de no perder
ni el tiempo ni la vergüenza;
como todo hombre que piensa
procedan siempre con juicio,
4725   y sepan que ningún vicio
acaba donde comienza.

Ave de pico encorvado,
le tiene al robo afición;
pero el hombre de razón
4730 no roba jamás un cobre,
pues no es vergüenza ser pobre
y es vergüenza ser ladrón.

  El hombre no mate al hombre
ni pelee por fantasía.
4735 Tiene en la desgracia mía
un espejo en que mirarse.
Saber el hombre guardarse
es la gran sabiduría.

  La sangre que se redama
4740 no se olvida hasta la muerte.
La impresión es de tal suerte,
que a mi pesar, no lo niego,
cai como gotas de fuego
en la alma del que la vierte.

4745 Es siempre, en toda ocasión,
el trago el pior enemigo.
Con cariño se los digo,
recuérdenlo con cuidado:
aquel que ofiende embriagado
4750 merece doble castigo.

  Si se arma algún revolutis,
siempre han de ser los primeros.
No se muestren altaneros
aunque la razón les sobre.
4755 En la barba de los pobres
aprienden pa ser barberos.

  Si entriegan su corazón
a alguna muger querida,

no le hagan una partida
4760 que la ofienda a la mujer
siempre los ha de perder
una mujer ofendida.

Procuren, si son cantores
el cantar con sentimiento,
4765 no tiemplen el estrumento
por sólo el gusto de hablar
y acostúmbrense a cantar
en cosas de jundamento.

Y les doy estos consejos
4770 que me ha costado alquirirlos,
porque deseo dirijirlos;
pero no alcanza mi cencia
hasta darles la prudencia
que precisan pa seguirlos.

4775 Estas cosas y otras muchas
medité en mis soledades.
Sepan que no hay falsedades
ni error en estos consejos:
es de la boca del viejo
4780 de ande salen las verdades.

XXXIII

Despúes, a los cuatro vientos
los cuatro se dirijieron.
Una promesa se hicieron
que todos debían cumplir;
4785 mas no la puedo decir,
pues secreto prometieron.

Les advierto solamente,
y esto a ninguno le asombre,

pues muchas veces el hombre
4790 tiene que hacer de ese modo:
convinieron entre todos
en mudar allí de nombre.

Sin ninguna intención mala
lo hicieron, no tengo duda;
4795 pero es la verdá desnuda,
siempre suele suceder:
aquel que su nombre muda
tiene culpas que esconder.

Y ya dejo el estrumento
4800 con que he divertido a ustedes.
Todos conocerlo pueden
que tuve costancia suma.
Éste es un botón de pluma
que no hay quien lo desenriede.

4805 Con mi deber he cumplido
y ya he salido del paso;
pero diré, por si acaso,
pa que me entiendan los criollos:
todavía me quedan rollos
4810 por si se ofrece dar lazo.

Y con esto me despido
sin esperar hasta cuándo.
Siempre corta por lo blando
el que busca lo siguro;
4815 mas yo corto por lo duro,
y ansí he de seguir cortando.

Vive el águila en su nido,
el tigre vive en la selva,
el zorro en la cueva agena,
4820 y en su destino incostante,

sólo el gaucho vive errante
donde la suerte lo lleva.

    Es el pobre en su horfandá
de la fortuna el desecho,
4825   porque naides toma a pechos
el defender a su raza.
Debe el gaucho tener casa,
escuela, iglesia y derechos.

    Y han de concluir agún día
4830   estos enriedos malditos.
La obra no la facilito,
porque aumentan el fandango
los que están como el chimango
sobre el cuero y dando gritos.

4835   Mas Dios ha de permitir
que esto llegue a mejorar;
pero se ha de recordar,
para hacer bien el trabajo,
que el fuego, pa calentar,
4840   debe ir siempre por abajo.

    En su ley está el de arriba
si hace lo que le aproveche;
de sus favores sospeche
hasta el mesmo que lo nombra:
4845   siempre es dañosa la sombra
del árbol que tiene leche.

    Al pobre al menor descuido
lo levantan de un sogazo;
pero yo compriendo el caso
4850   y esta consecuencia saco:
el gaucho es el cuero flaco:
da los tientos para el lazo.

Y en lo que esplica mi lengua
todos deben tener fe.
4855 Ansí, pues, entiéndanme:
con codicias no me mancho:
no se ha de llover el rancho
en donde este libro esté.

Permítanme descansar
4860 ¡pues he trabajado tanto!
En este punto me planto
y a continuar me resisto.
Estos son treinta y tres cantos,
que es la mesma edá de Cristo.

4865 Y guarden estas palabras
que les digo al terminar:
en mi obra he de continuar
hasta dárselas concluida
si el ingenio o si la vida
4870 no me llegan a faltar.

Y si la vida me falta,
ténganlo todos por cierto
que el gaucho, hasta en el desierto
sentirá en tal ocasión
4875 tristeza en el corazón
al saber que yo estoy muerto.

Pues son mis dichas desdichas
las de todos mis hermanos,
ellos guardarán ufanos
4880 en su corazón mi historia;
me tendrán en su memoria
para siempre mis paisanos.

Es la memoria un gran don,
calidá muy meritoria,

4885   y aquellos que en esta historia
      sospechen que les doy palo
      sepan que olvidar lo malo
      también es tener memoria.

      Mas naides se crea ofendido,
4890   pues a ninguno incomodo;
      y si canto de este modo
      por encontarlo oportuno,
      NO ES PARA MAL DE NINGUNO
      SINO PARA BIEN DE TODOS.

ÍNDICE

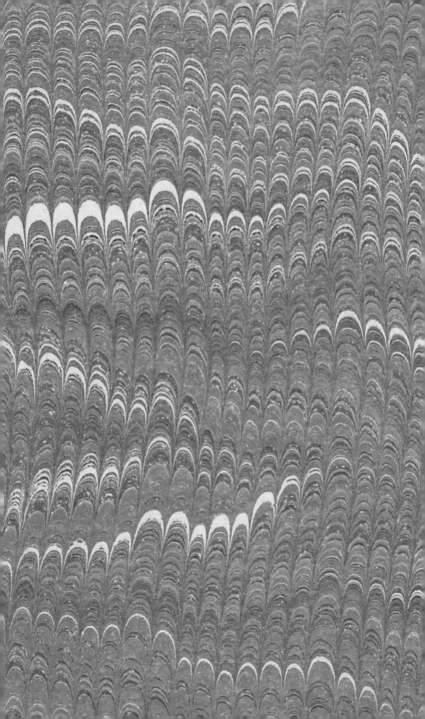